光文社文庫

文庫書下ろし／長編時代小説

晴《はれ》や、開店
人情おはる四季料理

倉阪鬼一郎

光　文　社

この作品は光文社文庫のために書下ろされました。

目次

第一章　のれんの色

一

あたたかな色合いののれんに、大きく「晴」と染め抜かれている。

柑子《こうじ》蜜柑《みかん》と同じ柑子色だ。

明るい黄赤《きあか》ののれんは、日に当たるとさらに悦《よろこ》ばしい色合いになる。

「晴」という字はどこか笑っているように見える。ながめていると、思わず顔がほころんでくるような字だ。

置き看板も出ている。

品のいい屋根付きで、さほど大きくはない。風に飛ばされないように重石《おもし》がついているが、これくらいなら運ぶのに難儀をしなくてもよさそうだ。

めし、さかな、晴や

そう記されている。

「めし」は飯、「さかな」は肴《さかな》だ。

これで「晴や」がどういう見世《みせ》か分かる。

その「晴」と染め抜かれたのれんの前を、二人の男が通りかかった。ともに道具箱を背負った職人風の男たちだ。

「おっ、こんな見世あったっけ？」

「いや、前はなかったな。のれんを出したばかりじゃねえか？」

足を止めて話を始めたとき、のれんがふっと開いた。

「よろしかったら、いかがでしょう」

おかみとおぼしい女が声をかけた。

「悪いな。よそで食ってきたばかりでよ」

「これから仕事場だから」

男たちが答えた。

「さようですか。またよしなに」

女は笑みを浮かべた。

ほおに小さなえくぼが浮かぶ。

「中食《ちゅうじき》の膳はねえのかよ」

年かさのほうの男が訊《き》く。

「数をかぎって出そうかという話もしていたんですけど、余ってしまうかもしれないので、しばらくは様子見で」

女が答えた。

まだ二十代の半ばくらいだから、飯屋のおかみにしては若い。

「もっと強気にいかなきゃな」

「そうそう。日本橋《にほんばし》から京橋《きょうばし》にかけては、食い物屋がたくさんあるから、よそに負けちまうぜ」

職人風の男たちが言った。

「承知しました。あるじとまた相談してみます」

女は神妙な面持《おもも》ちで答えた。

「おう、気張ってやんな」

「貼り紙とか出てたら、次は入ってやるからよ」

気のいい男たちが言った。

「ありがたく存じます。お待ちしております」

女はていねいに頭を下げた。

二

見世に戻ると、おはるはふっと一つ息をついた。

晴やには一人も客がいなかった。厨《くりや》にあるじがいるだけだ。

「なかなかうまくいかないね」

あるじの優之進《ゆうのしん》が苦笑いを浮かべた。

晴やには小上がりの座敷と一枚板の席がある。座敷の畳はまだ若く、藺草《いぐさ》のいい香りがする。

檜《ひのき》の一枚板の席は、厨の前にしつらえられている。できたての料理を味わうことができるから重宝だ。こちらも新しく、木目が鮮やかで美しい。

しかし……。

座敷にも一枚板の席にも客の姿はなかった。むやみに広い見世ではないが、さすがにだれも入っていないとがらんとしていて寂しく感じられる。

「もうちょっと呼び込みをしたほうがいいかしら」

おはるが思案げに言った。

「見世びらきの前に、刷り物は配ったんだがな」

優之進が答えた。

「ちょっと足りなかったかも」

おはるは首をかしげた。

「粘り強くやったほうがいいかもしれない」

群青色の作務衣《さむえ》をまとった男がうなずいた。

ここは大鋸町《おがちょう》――。

日本橋と京橋のあいだ、紅葉川《もみじがわ》という小さな掘割に面したところで、木挽《こびき》とも呼ばれる大鋸職人が集まって住んでいたことからその名がついた。桐《きり》板屋が多いところは桐河岸とも呼ばれている。

いささか紛らわしいが、近くには楓川《かえでがわ》というより広い水路もある。江戸橋《えどばし》から八丁堀《はっちょうぼり》まで南北に延び、材木などの河岸が並ぶ楓川と、御堀を結ぶ東西の掘割が紅葉川だ。

半ば埋め立てられて中橋広小路《なかばしひろこうじ》となっているが、まだ紅葉川は流れている。そのささやかな掘割に面した裏通りの角に、晴やののれんが出ていた。

西にいくらか進むと中橋広小路に出る。日本橋と京橋をつなぐ広い通りの一角だから、人通りは多い。見世や問屋などが並び、近くには食い物屋も目立つ。

だが、いくらか離れた職人町の一角はいたって地味なたたずまいだった。こんなところに見世があったのかと言われるのも無理はなかった。

「そのうちご常連さんができて、中食もできるようになればいいけど」

おはるが言った。

「日に何十食も出さなくてもいいから」

筍《たけのこ》の煮物の加減を見ながら、優之進が答えた。

そろそろ梅見の季《とき》だ。海山の幸がこれからさらにうまくなる。

「日に十食でも、出せるようになれば」

と、おはる。

「そうだな。出すとしたら、まずは十食くらいからだ」

優之進がそう答えたとき、表で人の気配がした。

話し声も聞こえる。

ほどなく、ふっとのれんが開き、二人の男が入ってきた。

「いらっしゃいまし」

おはるが笑顔で声をかけた。

晴やかに入ってきたのは、南町奉行所の定廻《じょうまわ》り同心《どうしん》の吉塚猛兵衛《よしづかたけべえ》と家主の杉造《すぎぞう》だった。

三

「なんだか暇そうだな」

従兄《いとこ》の猛兵衛が忌憚《きたん》なく言った。

歳《とし》は優之進より三つ上だから、兄のようなものだ。

「そのうち、十食くらい中食の膳を出せるようになればという話をしていたんですがね」

いくらかあいまいな顔つきで、優之進は答えた。

「十食くらいなら、仕込んでもさばけるだろう」

猛兵衛が言う。

「そうそう。それくらいは軽くさばくくらいの心持ちでやらなきゃ」

家主の杉造が言った。

髷《まげ》はだいぶ細くなっているが、血色は良く足腰もしっかりしている。この界隈《かいわい》に長屋などを多く持っている顔役だ。

「あんまり弱気だといけないですね」

おはるが言った。

「そうだね。貼り紙なども出したほうがいいよ」

と、杉造。

「のれんは『晴』だが、まだちょいと曇ってるからな。……おっ、廻り仕事の途中だから、いくらか腹にたまるものをくんな」

猛兵衛は厨に声をかけた。

「筍飯と浅蜊汁《あさりじる》ができますが」

優之進が答えた。

「いいな。どちらもくんな」

一枚板の席に腰を下ろした猛兵衛は、いなせな身ぶりをまじえた。

元は綱島《つなしま》姓で、同じ町方でも地味な裏方をつとめるはずだった。地味なお役目に就かねばならないところを、わけあって優之進が譲った同心株を継いで吉塚家の養子に入り、いまは廻り方同心として張り切ってつとめている。

「承知で」

優之進がすぐさま答えた。

「町人が板についてきたね」

杉造が笑みを浮かべた。

「『心得ました』じゃ、お客さんがびっくりされるので」

おはるも笑顔で答える。

「いまは一介の料理人ですから」

優之進はそう言って手を動かした。

元は優之進が廻り方同心だった。父の吉塚左門《さもん》の跡を継いだ優之進は、その名のとおり優れた廻り方同心として立派につとめを果たしていた。

おはるは同じ町方の隠密《おんみつ》廻り同心の娘だった。本名を十文字晴乃《じゅうもんじはるの》という。

江戸の花形の定廻り同心とその妻として、この先もやっていくはずだった二人が町人になり、なぜ晴やという小さな見世を始めたのか、それについては長い物語があった。

「お待たせいたしました」

おはるが盆を運んでいった。

「おう、来た来た」

猛兵衛がさっそく箸を取る。

「ていねいにあくを取った筍ご飯ですから」

おはるが笑みを浮かべた。

「脇役に油揚げも入っています」

優之進が言葉を添える。

「うん……うめえな」

食すなり、猛兵衛が満足げな顔つきになった。

「猛《たけ》さんの『うめえな』が何よりで」

おはるの左のほおにえくぼが浮かぶ。

本名の猛兵衛から採った愛称が「猛さん」だ。

「浅蜊汁もいい味が出てるぜ」

猛兵衛は歯切れよく言った。

「人が食べてるのを見てると、おのれも欲しくなるね。少しだけ筍飯をおくれでないか」

初めは茶だけでいいと言っていた杉造がそう所望《しょもう》した。

「承知しました」

厨から優之進が答えた。

四

筍飯と浅蜊汁をあわただしく食すと、猛兵衛はまた廻り仕事に戻った。

手下がいるとはいえ、かぎられた頭数で江戸の治安を護《まも》っている。そうそう油を売っているわけにはいかない。

「ああ、おいしかったよ。わたしもちょいとひと廻りしてくるかね」

杉造がそう言って腰を上げた。

「家主さんも廻り仕事ですね」

おはるが言った。

「いやいや、わたしのは半ば遊びみたいなもんだから。なら、また」

人情家主は軽く右手を挙げた。

「ご苦労さまでございます」

おはるは頭を下げた。

杉造が出ていくと、晴やはまた寂しくなった。

「こちらから売り歩くわけにもいかないからねえ」

優之進が嘆息した。

廻り方同心だったころから、魚をさばいたり料理をつくったりするのが好きだった。料理の指南書も端から読み漁《あさ》っていた。

当時は晴乃という名だったおはるも、厨仕事が大好きだった。初めて会ったときから、そのあたりですっかり意気投合して話が弾んだ。

したがって、いろいろと紆余曲折《うよきょくせつ》があり、人生の荒波を受けたものの、晴やののれんは出るべくして出たとも言えた。

帆を張った船は湊《みなと》を出ようとした。さりながら、順調に風を孕《はら》んで進むどころか、湊を出るのにも難儀していた。どうにも先が思いやられる立ち上がりだ。

ちょうど外から売り声が響いてきた。


大福餅はいらんかねー。

大福餅はあったかいー……。


一つ奥の通りだろうか、大福餅売りがいい声を響かせている。

「えー、焼き蛤《はま》はあったかいー……」

優之進が戯《ざ》れ言《ごと》めかして売り声をまねた。

「さすがに焼き蛤は売れないわね」

おはるが少し首をかしげた。

「見世で待っているしかないか」

あきらめの面持ちで優之進が答えたとき、表で人の気配がした。

「こんなところにのれんが出ていますよ、大旦那《おおだんな》さま」

声も聞こえる。

優之進とおはるの目と目が合った。

おはるがうなずく。

阿吽《あうん》の呼吸だ。

髷に挿した梅の花のつまみかんざしにちらりと手をやると、おはるは見世の外に出た。

五

「よろしかったらどうぞ。筍も蛤もおいしいですよ」

勇を鼓《こ》して、おはるは声をかけた。

「ああ、びっくりした」

手代《てだい》とおぼしい若者が胸に手をやる。

「いきなり出てきたから、肝をつぶしたよ」

隠居風の男が言った。

この年配の男にしてはわりかた上背《うわぜい》がある。

「相済みません。呼び込みをしなきゃと思って」

おはるは頭を下げた。

「いい匂いがしますよ」

手代が手であおいでみせた。

「そうだね。用向きも済んだから、ちょいと休んでいくかね」

隠居が乗り気で言った。

「どうぞお入りくださいまし」

おはるの声が弾んだ。

「いらっしゃいまし」

様子をうかがっていた優之進が厨から出てあいさつした。

「座敷でも一枚板の席でも、お好きなところへどうぞ」

おはるが身ぶりをまじえる。

「まだ畳が若いね。いい香りがするよ」

隠居が目を細くした。

「見世びらきをして間もないので」

優之進が笑みを浮かべた。

隠居とお付きの手代は、一枚板の席とどちらにするか少し迷ってから座敷に上がった。

「ぬる燗《かん》で一本だけ。肴は何ができるかい？」

隠居が問うた。

「焼き蛤に蛤吸い。貝はほかに浅蜊汁も。それに、筍飯に焼き筍、鯛《たい》の刺身もお出しできます」

ここぞとばかりに優之進が言った。

「どれも活きのいい旬の素材を仕入れておりますので」

おかみの顔で、おはるも和《わ》す。

「そんなには食べられないよ。とりあえず、好物の焼き蛤、それに、刺身をもらおうかね。……おまえは筍飯を食うか？」

隠居は手代に訊いた。

「はいっ、いただきます」

手代は元気よく答えた。

日本橋通《とおり》二丁目の書物問屋、山城屋《やましろや》の隠居の佐兵衛《さへえ》と、お付きの手代の竹松《たけまつ》だった。

山城屋は屋号の玉山堂《ぎょくざんどう》でも知られている。唐本、和本、それに諸宗派のお経も手広く扱う老舗《しにせ》だ。

いたって手堅いあきないぶりで、多くの顧客を有している。いまは跡取り息子に身代を譲ってはいるが、長年培《つちか》ってきた得意先廻りではまだ隠居の力が要《い》り用だ。さまざまな講に入っている佐兵衛はここいらの顔役の一人だから、その顔であきないができる。

「お待たせいたしました」

おはるが盆を運んでいった。

まずは酒だ。お通しに薇《ぜんまい》と油揚げの煮物の小鉢を添える。

「帯とつまみかんざしの色はのれんに合わせたのかい。ぱっと日が差してきたみたいでいい感じだよ」

佐兵衛がほめた。

「ええ。あたたかな色合いのほうがいいかと」

おはるが笑顔で答えた。

「わたしは青の作務衣しか持っていないので」

厨から優之進が言った。

「そりゃ、あるじの着物まで紅《あか》っぽかったらおかしいからね」

書物問屋の隠居がそう言ったから、晴やに和気が漂った。

お付きの手代がついだ酒を、佐兵衛がゆっくりと味わう。

「うん……筋がいいね。どこの酒だい」

山城屋の隠居が訊いた。

「伊丹《いたみ》の下り酒でございます」

おはるがここぞとばかりに答えた。

「酒と調味料は、なるたけいいものを仕入れるようにしております」

優之進が言う。

「そうかい。そりゃあ、いい心がけだ」

佐兵衛がうなずいた。

ほどなく、料理ができた。盆に載せ、おはると優之進が手分けして運ぶ。

「おお、来た来た」

隠居が軽く手を打ち合わせた。

「おいしそうです」

手代の瞳が輝く。

「ご飯もお茶もお代わりができますので」

おはるが言った。

「わあ、うれしい」

竹松が素直に喜んだ。

肴はなかなかの好評だった。こりこりした鯛の刺身に、播州赤穂《ばんしゅうあこう》の塩を使った焼き蛤。

箸が動くたびに、書物問屋の隠居は満足げな顔つきになった。

「いい見世が見つかったね」

佐兵衛がそう言って、また刺身を口中に投じた。

「はいっ。……なら、相済みませんがお代わりを」

丸顔の手代がさっそく碗を差し出した。

「はい、ただいま」

おはるはきびきびと動いた。

「ところで……」

隠居は箸を止め、厨のほうをちらりと見てから続けた。

「他人の空似かもしれないが、前に町方の廻り方の旦那にここのあるじとそっくりな人がいたんだが」

それを聞いて、おはると優之進は厨で思わず顔を見合わせた。

「それはわたしです。いまは町人で、この見世を始めたところですが」

優之進が告げた。

六

「他人の空似かと思いきや、そうじゃなかったんだね。どうしてまた廻り方をやめたんだい。いくたびも手柄を挙げていたと思うんだが」

佐兵衛はややいぶかしげな顔つきになった。

「ええ、そのあたりは、いろいろとございまして」

厨で手を動かしながら、優之進はあいまいな返事をした。

「くわしくお話しすると、書物一冊分になりかねませんので」

書物問屋の隠居に向かって告げると、おはるはお付きの手代にお代わりの筍飯を差し出した。

竹松が笑顔で両手を合わせてから受け取る。

「はは、書物一冊分の話を聞いている暇はさすがにないね」

隠居は笑って言った。

「まあ、追い追いお話しさせていただきますので」

おはるが笑みを浮かべた。

「それだと、見世に通わなきゃいけないよ。如才《じょさい》がないね」

佐兵衛が温顔で言った。

「……おいしゅうございます」

二杯目の筍飯を賞味していた手代が思わず声を発した。

「おまえは本当にうまそうに食べるね」

半ばあきれたように、隠居が言った。

「それだけが取り柄みたいなものなので」

と、竹松。

「それじゃ困るよ。あきないを覚えて気張ってもらわなきゃ」

すかさず隠居が言った。

「はあ、すみません」

手代は頭に手をやった。

刺身と焼き蛤が平らげられたが、ありがたいことに、隠居はさらに肴の追加をしてくれた。

意気に感じた優之進は、春の恵みの焼き筍と蕗《ふき》の薹《とう》の天麩羅《てんぷら》をつくることにした。

「まず、焼きたての筍でございます」

おはるが盆を運んでいった。

「おお、醬油の香りがいいね」

佐兵衛が目を細くする。

「野田《のだ》の上物を使わせていただいています」

優之進が伝えた。

「そうかい。なら、さっそく」

隠居は手を伸ばした。

焼き網で筍を焼き、つけ汁にさっとくぐらせる。野田の醬油に、伊丹の下り酒、それに、流山《ながれやま》の味醂《みりん》。上物を合わせたつけ汁にくぐらせた筍をまた網に載せ、今度はこんがりと焼きあげる。仕上げに刻んだ木の芽を散らせば、春の恵みの焼き筍の出来上がりだ。

「ほくほくで香ばしいね。……おまえもお食べ」

隠居は皿を手代に渡した。

「ありがたく存じます」

竹松は元気よく頭を下げた。

「続いて、蕗の薹の天麩羅でございます。お塩でお召し上がりくださいまし」

おはるが次の肴を運んでいった。

「おいしいものを独り占めで悪いくらいだね」

山城屋の隠居がそう言って、ほんのりと緑がかった天麩羅に箸を伸ばした。

こちらの評判も上々だった。ほろ苦い蕗の薹をほどよく揚げ、上等の塩をはらりと振ると、そこはかとない甘みが感じられて、ことのほかうまい。

「酒の肴にもってこいだね。いい見世が見つかったよ」

佐兵衛が笑みを浮かべた。

「どうぞこれからもご贔屓《ひいき》に。船出をしたものの、なかなか帆に風が吹いてくれないもので」

おはるが包み隠さず言った。

「あきないは待つ一方じゃいけないからね。さっきのように、おのれから呼びこみに出たからこそ、こうして魚が釣れたわけだから」

隠居はわが胸を指さした。

「はい、肝に銘じてやります」

おはるは神妙な面持ちで答えた。

ここで厨から優之進が出てきた。

「中食の膳も出そうかと思案しているのですが、思い切ってやったほうがいいでしょうか。せっかく仕入れたものが余ってしまってはと思って、二の足を踏んでいたのですが」

知恵袋とおぼしい隠居に向かって、晴やのあるじはたずねた。

「やってみればいいよ。押すべきところは押すのがあきないの勘どころだからね。慎重すぎるのも考えものだ」

佐兵衛はそう言って背中を押した。

「承知しました」

優之進がうなずく。

「中食の膳はそう高い値をつけるわけにはいかないから、大きな稼ぎにはならないかもしれないが、恰好《かっこう》の引札《ひきふだ》(宣伝)にはなるからね」

書物問屋の隠居はさらに言った。

「引札ですか」

おはるがややいぶかしげに問うた。

「そうだよ。中食の客はそれほど多くの銭を落とさないけれども、味の引札にはなる。晴やの味が気に入った客は、二幕目の酒と肴、さらに、宴《うたげ》などでも使ってくれるようになるかもしれない」

佐兵衛はそう答えた。

「端本《はほん》を買いに来たお客さんが、ほかの高価な書物まで買ってくださるようなものですね」

お付きの手代がそう言って、うまそうに茶を啜《すす》った。

「いいことを言うね。そのとおりだよ」

隠居が笑みを浮かべた。

「お話を聞いて、やる気になりました。ありがたく存じます」

優之進が頭を下げた。

「これからも、どうかよしなに」

おはるも続く。

「ああ、また来るよ。乗りかかった船だからね」

山城屋の隠居は温顔で言った。

七

山城屋の主従が呼び水になってくれたのか、いくらか経《た》ってからまた新顔の客が入ってくれた。

近くに仕事場がある桐板づくりの職人の親方と弟子たちだ。ちょうど仕事の納めが終わったところらしく、酒と肴を次々に注文してくれたから助かった。

「毎度ありがたく存じます。またのお越しを」

おはるが戸口まで出て見送った。

「おお、酒も肴もうまかったぜ」

だいぶ赤くなった顔で親方が言った。

「近々、中食も始めますので、今後ともよしなに」

優之進も腰を低くして言った。

「毎日でも通いたいですな、親方」

「鯛も筍も貝もうまかったから」

二人の弟子が笑顔で言った。

「そりゃ、おめえらの働き次第だな」

と、親方。

「つとめが終わったら、またお越しくださいまし」

おはるが如才なく言った。

「おう、そうするぜ」

親方が右手を挙げた。

外はだいぶ暗くなってきたから、のれんをしまうことにした。

「今日は気張ったね」

のれんに向かって、おはるが言った。

「火を落とす前に、鯛茶をどうだい」

優之進が声をかけた。

「ああ、いいわね。いただくわ」

おはるが答えた。

のれんがしまわれたあとは夫婦だけの時だ。余りものになってしまうが、おかみの労をねぎらうためにあるじが最後のひと品をつくる。それが晴やの習いになっていた。

今日は昆布締めの鯛の身が余った。これを使って、女房のために鯛茶をつくる。

「おまえさまの分は？」

碗が出たところで、おはるが訊いた。

「あとで切り身を酒の肴にするから」

優之進は答えた。

「ああ、奥で呑み直すのね」

おはるは得心のいった顔つきになった。

「いちばん安い酒だが」

優之進は笑みを浮かべた。

晴やの奥に二人の住まいがある。厨の脇に引き戸があり、奥に通じている。一間だけだが囲炉裏《いろり》もあって、水入らずで過ごすことができた。

住まいの裏手には長屋の皆で使う井戸と後架（便所）がある。井戸の水はなかなかのものので、晴やをここに出す決め手の一つになったほどだった。

ほどなく、鯛茶ができた。

「お待たせいたしました、お客さま」

いくらかおどけて、優之進はおはるに鯛茶を出した。

「ありがたく存じます」

おはるもよそ行きの口調で答える。

「お疲れさまでございました。お召し上がりくださいまし」

優之進は芝居を続けた。

鯛茶はほっとする味だった。町方の廻り方同心としては、優秀だったもののいささか心根がやさしすぎた優之進だが、そのやさしさがいい塩梅《あんばい》に料理に出ていた。思わずほっとする味だ。

「……おいしい」

おはるはひとしきり味わってから言った。

「今日は新顔のお客さんが来てくださったから、ことのほかうまいだろう」

優之進が笑みを浮かべた。

「ええ。ほんとにありがたいことで」

おはるは軽く両手を合わせた。

「中食の膳はいろいろ思案しておかないとな」

優之進が気の入った表情で言った。

「貼り紙も出さないと。……あ、そうだ、このお茶漬け、ちょっと奥にも持っていってあげようかと」

おはるが言った。

奥にはだれもいない。小ぶりの仏壇があるくらいだ。

「陰膳だな。なら、小さい茶碗を取ってこよう」

それと察して、優之進が動いた。

「お願い」

おはるは短く答えた。

奥の仏壇には、位牌が置かれていた。

折にふれて、陰膳を据えている。

いまは位牌になっているのは、おはると優之進とのあいだに生まれた娘だった。

第二章　荒波と船出

一

「父上がつくってくれたお茶漬けだからね」

おはるはそう言うと、小ぶりの茶碗を仏壇に供えた。

小さな位牌が据えられている。

その前で、おはるはそっと両手を合わせた。

位牌には、戒名がこう記されていた。

幻泡善孩子

幻泡《げんほう》とは、まぼろしとあわ、すなわち、儚《はかな》いものを指す。

善孩子《ぜんがいし》の「孩」は、小さなわらべの笑い声を示している。

たった一年半、儚い命だった娘の無邪気な笑い声は、まだおはるの頭の中で響いているかのようだった。

お乳をおいしそうに呑んでくれたこと、初めてつかまり立ちができたときのこと、おぼつかない足どりでよちよち歩いたこと……。

思い出は数珠《じゅず》つなぎになってよみがえってくる。陰膳を据えても、仏壇の前をなかなかに立ち去りがたかった。

「残りの茶漬けが冷めるぞ」

優之進の声で、おはるは我に返った。

「はあい」

短く答えると、おはるは晴やのほうへ戻っていった。

奥の部屋に布団を敷いて、夜は夫婦で眠る。

おとしの五月までは、ここにもう一人いた。

晴乃から一字を採り、晴美《はるみ》と名づけた娘が、二人のあいだで眠っていた。

親子三人、川の字になって寝た。

夢のような日々だった。

二

まだ十文字晴乃という名だったおはるが優之進に嫁いだのは、文化《ぶんか》九年（一八一二）のことだった。

おはるは十八になったばかりで、優之進は一つ年上の十九だった。それまでにも縁談はあったが、いま一つしっくりこなかったから断ってきた。いろいろな声は聞こえてきたが、意に沿わぬ人のもとへ焦って嫁いで後悔はしたくなかった。

いつのまにか、嫁入りするには遅いくらいの歳になってしまったが、待った甲斐《かい》があった。優之進に初めて会ったとき、「この人だ」と思った。あらかじめ進むことが決まっていた道が、遅まきながらやっと目の前に現れてくれたような気がした。

優之進の吉塚家も晴乃の十文字家も町方の役人の家系で、紡《つむ》がれるべくして紡がれた良縁だった。

優之進の父の吉塚左門は町方の定廻り同心だった。少ない頭数で江戸の治安を護る激務をこなしていた左門は、かねて若隠居を望んでいた。俳諧《はいかい》や囲碁や食べ歩きなど、よろずに趣味の多いほうだから、せがれの優之進に同心株を譲ったあとは、おのれは好きなことをして余生を送るつもりだった。

二つ下の妻の志津《しづ》も異を唱えることはなかった。定廻り同心を長くつとめた者は、さらに臨時廻りの御役がつくことも多かったが、早めに隠居するという夫に不平を鳴らすことはなかった。

優之進は末っ子で、上に姉が二人いる。町方ではないが、ともに役人に嫁いで子も産んでいた。父の跡を継いで優之進が定廻り同心となり、晴乃という良き妻も娶《めと》った。吉塚家は順風満帆だった。

晴乃の父の十文字格太郎《かくたろう》は町方の隠密廻り同心だった。さまざまななりわいに身をやつし、江戸の市中に潜行して悪を暴くお役目で、いまもつとめを続けている。臨時廻りから定廻り、さらには隠密廻りと、町方一筋でつとめてきた男だ。

吉塚左門と十文字格太郎は同い年で、同じ廻り方だから、むろん長年の付き合いがある。そういう点でも、優之進と晴乃が結ばれたのは良縁といえた。

優之進と晴乃は八丁堀で暮らした。仲はいたって睦《むつ》まじかったが、子にはなかなか恵まれなかった。お百度まではいかないまでも、晴乃はほうぼうの神社仏閣へ詣《もう》でて、子が授かるようにと願った。

やがて、願いは叶《かな》った。

おはるは身ごもり、半年後に無事ややこを産んだ。優之進はもとより、孫が生まれた左門と志津、それに十文字家の面々もこぞって喜んだ。

当時のお産は、いまよりはるかに大変だった。命を落とす女も格段に多かった。ややこもそうだ。七歳までは神の子と言われる。そこまで無事に育つかどうか、神のみぞ知るというわけだ。

まず産後の峠がある。生後ほどなくして亡くなる赤子も残念ながら多かった。

いくらか切れ長の目など、面差《おもざ》しが母に似ていたことから晴美と名づけられた娘は、初めの峠を越え、その後も順調に育った。

機嫌よく這《は》い這いをし、つかまり立ちをして、よちよちと歩けるようになった。そのたびに、晴乃も優之進も笑顔になった。

晴美はやがて言葉を発した。

「ちちうえ」

と、言った。

「ははうえ」

とも言えるようになった。

娘の成長を、晴乃も優之進もことのほか喜んだ。

だが……。

日はにわかに翳《かげ》った。

文化十三年（一八一六）の四月ごろから、江戸で恐ろしい病《やまい》がはやるようになった。

疫痢《えきり》だ。

小さい子がこれに罹《かか》ると多くは助からない。あっという間にいけなくなってしまうから、「はやて」とも呼ばれる病だ。

あろうことか、晴美もこの病に罹ってしまった。

この世に生を享けた初めての子は、たった一年半生きただけで天《そら》へ還《かえ》っていった。

吉塚家は深い悲しみに包まれた。

三

「奥でもう一本呑むよ」

優之進が盆を運んできた。

「お燗はしたの？」

おはるが問うた。

「いや、火はもう落としたから冷やでいい。おまえも呑むか？」

優之進は酒徳利《さかどつくり》を軽くかざした。

「そうねえ……なら、ほんの少し」

おはるは少し思案してから答えた。

「今日は湯屋へ行く日じゃないからな。ここで寝るだけなら、いくら酔っても平気だ」

優之進は笑みを浮かべた。

「わたしは煮物の残りを肴で」

おはるがいったん腰を上げた。

「ああ、それも食うよ」

優之進が言った。

「はい、承知で」

おはるは答えると、晴やのほうから鉢といちばん小さな湯呑みを運んできた。それに酒をついで呑む。

煮物は大根と人参と油揚げだった。

いたって素朴だが、見世でお通しとして出すばかりでなく、長屋の衆におすそ分けをするために多めにつくった。同じ井戸を使っているから、そういう気も遣わなければならない。そのうちいろいろな惣菜をつくり、値《あたい》を抑えた売り物にすることも思案している。

「冷めた煮物も味がしみていておいしい」

大根を口に運んだおはるが笑みを浮かべた。

「そうだな。長屋の人たちの評判はどうだい」

優之進が訊く。

「お世辞もあるんだろうけど、みなさんおいしいと言ってくださってるので」

おはるは答えた。

「そうか。そのうち、のれんをくぐってくれるようになるといいな」

優之進はそう言って、おはるがついだ湯呑みの酒を少し啜った。

「大工さんや職人さんもいるみたいだから、来てくださるかも」

望みをこめて、おはるは言った。

その後は中食について相談をした。

初めは手堅く一日十食、それで少ないようなら数を足していく。一食は三十文。値の張る食材を使うときは四十文にすることもある。見世の前に早めに貼り紙を出す。きりがいいから、二月の一日から始める。

段取りはとんとん決まった。

「ここからが正念場ね。気張ってやりましょう」

おはるが言った。

「そうだな。せっかく十手《じって》を包丁に持ち替えて、町場の料理人になったんだから、粘ってやるしかない」

優之進はそう言って、仏壇のほうへ目をやった。

おはるも見る。

「八丁堀にいるころは、仏壇の前に十手を置いていたわね」

いくらか遠い目で、おはるは言った。

「枕元に置くのは鬱陶《うっとう》しかったからな。いまとなっては、手元になくなってほっとした」

優之進はそう言うと、残りの酒を呑み干した。

「いろんなことがあったわね」

おはるも続く。

「ああ、思い出したくないこともあった」

優之進は感慨深げにうなずいた。

四

町方の定廻り同心として、吉塚優之進はいくたびも功を立ててきた。

無理にわが道を押し通すような性分ではないため、責め問いまがいのことは間違ってもやらない。ほかの同心に比べると押しが弱いとも評されがちだった優之進が手柄を挙げることができたのは、ひとえに持ち前の勘ばたらきのおかげだった。

巾着切《きんちゃくき》りをはじめとして、これから悪事を働こうと企てている者は特有の気を発するものだ。余人には分からぬそのいわく言いがたい「気」を、優之進はいち早く察知することができた。

十手を持っているし、剣術の腕にもそれなりに覚えはあるが、優之進の最大の武器はこの勘ばたらきだ。それを用い、優之進はいくたりもの咎人《とがにん》をお縄にしてきた。

南町奉行所に吉塚優之進あり。

咎人を捕まえるたびに、その名声は上がっていった。いなせな小銀杏《こいちょう》が似合う男っぷりもあいまって、大きな手柄を挙げたときはかわら版に載るほどだった。定廻り同心としての優之進は、順風満帆のように思われた。

お役目ばかりでなく、暮らしのほうにもいい風が吹いてきた。

晴乃がまた身ごもったのだ。

残念なことに、一歳半で晴美を亡くしてしまったが、優之進と晴乃は再び子宝に恵まれた。

今度こそ、無事に育ててあげなければ……。

晴乃は折にふれて安産祈願のお参りに出かけるようになった。

ひとたびは涙雨が降ったが、雲が晴れ、またあたたかな日が差しこんできた。

このまま進んでいけば、悦びに満ちた場所へ出られそうだった。

しかし……。

またしても日は翳った。

嫌なことが立て続けに起きてしまったのだ。

優之進に落ち度はなかった。まじめにつとめを果たし、咎人をお縄にしただけだった。

まず、空き巣を繰り返していた男を捕まえた。箱を背負って御用聞きに廻る小間物の行商人が表の顔で、愛想が良くて評判は上々の男だった。女房と子も養っていた。

だが、勘ばたらきに秀《ひい》でた優之進が見逃すことはなかった。御用聞きのかたわら、空き巣に入る家を物色していた男は、たびたび悪事をやらかし、馬鹿にならない稼ぎをしていたのだった。

亭主の表の顔を知った女房は悲しみに打ちひしがれた。望みをなくした女は、わが子を手にかけてから自害した。なんとも後生《ごしょう》の悪い出来事だった。

この一件はかわら版に載った。そのせいで、優之進はしばしば声をかけられるようになった。べつに悪気はなく、優之進の手柄をたたえるためにかかった声だが、そのたびに嫌な思いがした。悪いのは空き巣を繰り返していた男だとはいえ、おのれのせいで痛ましい無理心中が起きたことに違いはなかった。

後生の悪い思いはしたが、これからさらに繰り返される空き巣で多くの者が泣いただろう。そう考えると、気鬱《きうつ》になったりはしなかった。

優之進が本当にこたえてしまって、十手を返上する気になったのは、次に起きた思わぬ出来事のせいだった。

五

外はすっかり暗くなった。

明日はまた早起きして仕込みだ。おはると優之進は布団を敷き、床に就くことにした。

「おやすみなさい」

おはるは仏壇の前で両手を合わせた。

「これから寝るわ。あなたたちもゆっくり休んでね」

仏壇に据えられた位牌は一つしかない。

なのに、おはるはあなた「たち」と呼びかけた。

「眠くなってきたな。おやすみ」

優之進が声をかけた。

「おやすみなさい」

おはるはやさしい声で答えた。


次の荒波は、さほど間を置かずに押し寄せてきた。

優之進はまた手柄を挙げた。

お縄にしたのは、稲妻《いなずま》の銀次《ぎんじ》という悪名高い巾着切りだった。まだ三十がらみだが親分肌で、若い手下をたくさん使って江戸の盛り場を荒らしまわっていた。

持ち前の勘ばたらきと捕り物の腕を遺憾《いかん》なく発揮した優之進は、首尾《しゅび》よく稲妻の銀次を召し取った。手下も一網打尽になった。

仏の顔も三度まで。巾着切りは三度までなら敲《たた》き刑で入れ墨をされるだけだが、四度目は死罪になる。江戸の巾着切りは気ままに生き、盗《と》った銭を使えるだけ使ったあげくに若くして死罪になる例が多かった。

稲妻の銀次はまだ三度目だったが、多くの手下を使っていたことで罪が重くなり、刑場の露と消えた。

しかし……。

ここで幕は下りなかった。悲しむべき次の場があった。

稲妻の銀次には情婦がいた。姉御肌で手下を一喝《いっかつ》することもある男まさりの女だ。

亭主が死罪にされたことを知った女は、すっかり逆上した。その逆恨みの的にされたのが優之進だった。

怒りに目がくらんだ女は、刃物を持って八丁堀の吉塚家へ乱入した。

そこに身重の晴乃がいた。

長年つとめてくれていた小者《こもの》が身を挺《てい》して助けてくれたため、晴乃が刺されることはなかった。

だが……。

驚きあわてて逃げようとしたとき、晴乃は倒れてしまった。腹をしたたかに打った。そのせいで、せっかくまた宿ってくれた子を流してしまったのだ。

はやり病で亡くした晴美に続いて、思わぬ成り行きで次の子もいけなくなった。吉塚家は深い悲しみに包まれた。

優之進はおのれを責めた。

おのれが巾着切りを召し取ったせいで、わが子が報いを受けてしまった。おのれが殺《あや》めてしまったようなものだ。

晴乃も家族も上役も、優之進のせいではないとなだめたが、廻り方同心の気鬱はひどくなった。

江戸の町を歩くと、みながおのれを責めているかのように感じられた。番屋などを廻るだけで胸が痛くなった。おのれが持っている十手がうとましくてならなかった。

ちょうどそのころ、従兄の猛兵衛に会った。

わたしが十手を返上したら、後を継いでくれるか。

そう水を向けてみたところ、裏方の地味なつとめで一生を終わる道が見えていた男は俄然乗ってきた。

優之進は肚《はら》を決めた。

十手を返上し、市井《しせい》で生きよう。

そう心に決めたのだ。

昔から好きだった料理の道を究《きわ》め、小さな見世を営みながらひっそりと暮らしていく。

それなら、だれも傷つけることはない。

晴乃はついていくことにした。

おのれが添ったのは町方の定廻り同心ではない。あくまでも、優之進という一人の男だ。

その優之進についていくことにした。

迷いはなかった。


この人の気鬱を治せるのは、わたししかいない。

しっかりしなければ。


晴乃はおのれにそう言い聞かせた。

初めのうち、父の左門は十手の返上に不承知だった。跡継ぎの定廻り同心として滞《とどこお》りなくつとめていたばかりか、かわら版に載るような手柄をいくたびも立てていた優之進だけに、無理もないことだった。

その父をなだめて、優之進の肩を持ってくれたのが母の志津だった。このまま気鬱が進んで体までこわしてしまうのなら、好きな道へ進んだほうがいいというわけだ。志津と晴乃の二人が味方についてくれたおかげで、不承知だった左門も折れた。

その後、段取りは進んだ。

猛兵衛が吉塚家の養子となり、同心株を受け継ぐことになった。咎人を捕まえる役人は不浄の者とされ、一代かぎりというのが建前だったが、そこはそれで世襲はごく当たり前に行われていた。

惜しむ声はあった。

廻り方同心として優之進が優秀だったのは、だれが見ても明らかだった。屋敷に逆恨みの女が乱入したせいで子を流してしまったのは何とも不幸な出来事だったが、いくらか休めば気鬱も治るだろう。

ことに惜しんでくれたのは、上役の与力《よりき》、長井半右衛門《ながいはんえもん》だった。

吉塚優之進は南町奉行所の宝だとまで言ってくれていた上役は、ひざ詰めで翻意を促したが、優之進の決心は固かった。

晴乃の父の隠密廻り同心、十文字格太郎も優之進の才を惜しんだ。しかし、娘婿の転身をやめさせようとはしなかった。

こうして、優之進は十手を返上した。

気鬱になっていたころは、十手を見るのもうとましかった。

この十手がなかりせば、わが子は無事に生まれていたかもしれない。そう思うと、どうにもいたたまれなかった。

それゆえ、十手を返上すると、大きな肩の荷が下りたような心地がした。

その後は段取りが進んだ。

従兄の綱島猛兵衛が吉塚家の養子となり、優之進の同心株を引き継いで廻り方同心になることになった。

優之進は髷を町人風に改めた。

そして、おはると改名した晴乃とともに八丁堀の屋敷を出た。

六

翌日は穏やかな晴天になった。

大鋸町の晴やの前に、こんな貼り紙が出た。

二月朔日《ついたち》より　中食はじめます

旬の料理いろいろ
十食かぎり三十文
乞ご期待
晴や

「おっ、何でえ、今日から始めるのかと思ったぜ」

通りかかった大工衆の一人が言った。

「十食って少なくねえか？」

「凝《こ》ったもんが出るんだろう」

「なら、三十文は安すぎるぜ」

口々に言う。

「まあ、今日はよそへ行こうぜ」

「おう」

大工衆は足早に去っていった。

その様子を、見世の中からおはるがうかがっていた。

「どうだ？」

厨から優之進が問う。

「いい引札にはなってると思う」

おはるは笑みを浮かべた。

「それなら、貼り紙を出した甲斐があった」

優之進も笑みを返した。

ほどなく、二人の男がのれんをくぐってきた。

「食いに来ましたぜ、旦那」

よく日に焼けた精悍《せいかん》な顔つきの男が言った。

「もう『旦那』じゃないぞ」

優之進は苦笑いを浮かべた。

「あっしらにとっちゃ、ずっと『旦那』で」

もう一人の丸顔の男が言った。

「いらっしゃいまし。お茶で？」

おはるが訊いた。

「まだつとめの途中なんで」

上背のある男が答えた。

名を韋駄天《いだてん》の市蔵《いちぞう》という。

その名のとおり、足自慢の十手持ちで、駆け比べならだれにも引けは取らない。かつては定廻り同心吉塚優之進の手下だった。

「何か腹にたまるものはできますかい」

もう一人の男が軽く帯をたたいた。

市蔵の手下の下っ引きで、三杯飯《さんばいめし》の大吉《だいきち》の異名を取っている。元相撲取りの大飯食らいで、丸顔に加えて腹もまるまると迫《せ》り出している。

「おめえはそればっかりだな」

市蔵があきれたように言った。

「そりゃ、三杯飯の大吉っすから」

下っ引きが開き直る。

「深川飯《ふかがわ》がちょうど頃合いだけど」

優之進が水を向けた。

元手下だから、客とはいえ、ていねいな言葉遣いはしない。

「いいっすね」

大吉がすぐさま答えた。

「なら、おいらにも」

市蔵も右手を挙げた。

「承知で」

優之進はさっそく手を動かしだした。

「お待たせしました」

おはるが茶を運んできた。

「猛さんは張り切っておつとめを？」

どちらにともなく訊く。

いまは同心株を継いだ猛兵衛の手下だ。

「尻をたたかれてまさ」

市蔵がそう言って湯呑みを手に取った。

「気張ってやってますぜ」

大吉も続く。

「そう、それは何より」

おはるの左のほおにえくぼが浮かんだ。

ほどなく、深川飯ができあがった。

浅蜊のむき身を煮切り酒に醬油を加えたものでゆで、軽く煮詰める。残った汁はだしにつぎ足し、生姜《しょうが》をひとかけら加えて飯を炊く。炊きあがったら浅蜊を加え、いい塩梅に蒸らし終わったら、三つ葉を添えて出来上がりだ。

「うめえけど、これの三杯飯だと値が張りますな」

大吉が言った。

「これからまたお客さんが見えるかもしれないので」

おはるがやんわりと言った。

「おめえがみな食っちまったら駄目だぞ」

市蔵がクギを刺す。

「へえ、よそでまた飯だけ食いまさ」

大飯ぐらいの大吉が答えた。

味噌汁をわっと飯にかけ、盛大にかきこむ姿がしばしば見られる。相撲取りとしては大した技がなく、出世もしなかった大吉のいちばんの得意技は飯をうまそうに食うことだというもっぱらの声だ。

「お味はどうです？」

おはるが市蔵親分に訊いた。

「浅蜊の煮方も、飯の味もちょうどいい塩梅で」

十手持ちは満足げに答えた。

「そうですか。それは良かった」

おはるは胸に手をやった。

「世辞じゃなくて、悪いとこは忌憚なく言ってくれ」

優之進が言う。

「いや、そのつもりですが、こりゃあケチをつけるとこがねえんで、旦那」

市蔵はまた優之進を旦那と呼んだ。

そこで表で足音が響いた。

ふっとのれんが開く。

「まあ、父上」

おはるの顔がぱっと輝いた。

晴やかに姿を現したのは、隠密廻り同心の十文字格太郎だった。

七

「父上はないだろう。町場の見世のおかみなんだから」

格太郎は苦笑いを浮かべた。

「つい、癖が出ちゃって」

おはるが答えた。

「で、客はおまえらだけか？」

晴やの中を見回して、格太郎は言った。

背には嚢《ふくろ》を負っているが、中身は空《から》だ。頰被《ほおかぶ》りをした行商人に身をやつし、市中を見廻って目を光らせている。

「客のうちには入りませんが」

「うめえ深川飯を食わせてもらったところで」

十手持ちとその子分が答えた。

「近くのご隠居さんとか、桐板づくりの親方とお弟子さんとか、初顔のお客さんもちらほらと見えるようになったので」

父を安堵《あんど》させるべく、おはるは言った。

「来月から中食も始めます」

優之進も義父に言った。

「貼り紙が出ていたな。まずは一日十食からか」

と、格太郎。

「売り切れるようなら増やしていこうかと。……はい、お茶で」

おはるは湯呑みを置いた。

「いま天麩羅をお出ししますので」

優之進が厨から言った。

「長居はしないから、凝ったものは要らないぞ」

義理の息子に向かって、隠密廻り同心は言った。

「心得ました。あ、いや、承知しました」

優之進がすぐさまそう言い直したから、晴やかに和気が漂った。

気をつけてはいるのだが、まだ何かの拍子に定廻り同心だったころの言葉遣いがぽろりと出てしまう。

「なら、おいらたちはこの辺で」

市蔵は手下に目で合図してから腰を上げた。

大吉も続く。

「おう、気張ってつとめてくれ」

格太郎が言った。

「へい」

「合点で」

親分と手下は調子よく答えて晴やかから出ていった。

ここで天麩羅が出た。

「浅蜊と三つ葉のかき揚げでございます。これは抹茶塩《まっちゃしお》でお召し上がりください」

優之進が自ら運んできた。

「ほう、小粋なものが出たな」

格太郎がいくらか身を乗り出した。

「そのうち、中食の膳は安くて腹にたまるものにして、二幕目に凝った肴をお出ししようかと思っているんです」

優之進が言った。

「どう思います？　ち……じゃなくて」

「町場でこのなりだから、おとっつぁんでいいや」

格太郎は渋く笑った。

「なら、おとっつぁん」

おはるはそう呼んだ。

「まずは食ってからだな」

格太郎はかき揚げに箸を伸ばし、口中に投じ入れてさくっとかんだ。

優之進とおはるが見守る。

「うん、からっと揚がってるな」

隠密廻り同心はうなずいた。

「抹茶塩でもどうぞ」

優之進は身ぶりをまじえた。

「おう」

格太郎は勧められたとおりにした。

「浅蜊も三つ葉も、さらに引き立つな。こりゃあいいぞ」

評判は上々だった。

「よかった」

おはるが胸に手をやった。

「その顔つきなら大丈夫そうだな」

娘が悲しい思いをしたことを知っている父は情のこもった声音で言うと、残りのかき揚げを胃の腑《ふ》に落とした。

「この味が出てるなら、追い追い客はつくだろう。粘り強く、前を向いてやっていきな」

晴やのあるじに向かって、隠密廻り同心は言った。

「はい、気張ってやります」

優之進は引き締まった顔つきで答えた。

第三章　初めての中食

一

裏手のほうから赤子の泣き声が聞こえてくる。

長屋の衆は、おおむね子だくさんだ。わらべや赤子の声が聞こえない日はない。

初めのうち、その声を聞くたびにおはるの胸はそこはかとなく痛んだ。

はやり病に罹る前に、晴美と過ごした日々のことが、なつかしくも哀しく思い出されてくる。二人目の子を流してしまった日の場面が突然よみがえって、いたたまれない思いになることもあった。

だが……。

晴やののれんを出し、長屋の女房衆とも話をするようになって、少しずつ胸の内の氷のようなものが溶けてきた。

わらべたちがにぎやかにはしゃいでいると、ほほ笑ましく感じられるようになってきた。赤子の泣き声を聞けば、「無事に育ってね」と祈る気持ちになった。おはるの傷はだんだんに癒《い》えてきたのだ。

同じ井戸を使っている女房衆とはすっかり打ち解けた。

そのうち、惣菜づくりはやらないのかと水を向けられた。晴やののれんをくぐって食事をするのは敷居が高いし、何より出費《かかり》になってしまう。さりながら、手ごろな値《あたい》で惣菜の量り売りをしてもらえれば、亭主の酒の肴をつくる手間が省けるというわけだ。

惣菜はそのうち始めるつもりだったから、これは渡りに船だった。優之進に相談したうえ、船を出すことにした。

これも引札になる。惣菜を気に入れば、そのうち晴やののれんをくぐってくれるかもしれない。長屋には職人衆も住まっている。職人にはさまざまなつながりがあるから、祝いごとなどで使ってくれるようになれば上々吉《じょうじょうきち》だ。

金平牛蒡《きんぴらごぼう》、高野豆腐《こうやどうふ》の煮物、それに、卯《う》の花。

初めの惣菜はその三種にした。

評判は上々だった。

「料理屋の金平はひと味違うって、うちの亭主が喜んでたよ」

女房衆の一人が笑顔で言った。

「さようですか。うちは人参をかつらむきにしてから細く刻むもので」

おはるが笑みを返した。

「かつらむきは、実は女房のほうが得意なんです」

優之進が告げた。

「へえ、それはすごいわね」

「ほかにもいろいろつくってよ。青菜の胡麻和《ごまあ》えとか煮魚とか」

「ああ、いいですね。お通しにも酒の肴にもなりますから」

そんな調子で、話が弾んだ。

中食を始める前に、惣菜のほうがいい滑り出しを見せた。桐板づくりの親方や家主の杉造、それに山城屋の隠居の佐兵衛などが折にふれてのれんをくぐり、ありがたいことに知り合いもつれてきてくれた。

晴やを取り巻く人の輪は、少しずつだが広がってきた。

二

「早いもので、あさってから中食ね」

おはるが言った。

晴やののれんはいま出たばかりだ。

「そうだな。仕入れの具合もあるが、おおよその膳立ては決めておかないと」

優之進が厨から言った。

「やっぱりお刺身の盛り合わせかしら」

おはるが小首をかしげる。

「うちは新場《しんば》の魚河岸が近いから、いい魚が入る。まずは鯛だろうな」

と、優之進。

「めで鯛ですものね」

おはるは笑みを浮かべた。

「それに、浅蜊汁や蕗と油揚げの煮物の小鉢などをつけてみればどうだい」

優之進は案を出した。

「ああ、いいわね。ご飯は普通で？」

おはるが訊いた。

「炊き込みご飯や茶飯にするという手もあるけれど」

優之進は思案げな顔つきになった。

「深川飯なども」

おはるが言う。

「浅蜊汁にするなら、浅蜊が重なるだろう。それに、刺身の盛り合わせを膳の顔にするなら、深川飯はいささかくどいな」

優之進は慎重に答えた。

「たしかに」

おはるがうなずく。

「初めの中食は、おいしい水でていねいに炊いた白飯がいいだろう」

優之進はそう言って、両手を軽く打ち合わせた。

「引札にもなるから、十日間はただでお代わりできるようにすればどうかしら」

おはるがふと思いついて言った。

「それだと、炊き込みご飯や深川飯などをまぜられないな」

優之進は首をひねった。

「ああ、それもそうね」

「初めの三日間だけにするという手はある」

「白飯は多めに炊いて、一杯だけお代わりできるようにすることも」

「なるほど。河岸で働く人たちはたくさん食うからな。それがいいかもしれない」

相談がおおよそまとまったとき、のれんが開いてその日最初の客が入ってきた。

「あっ、長井様」

優之進が声をあげた。

晴やに姿を現したのは、かつての上役の与力、長井半右衛門だった。

三

「どうだ、船出した見世の調子は」

長井与力が問うた。

その名のとおり長い顔で、ことにあごがとがっている。切れ者で鳴る男にはふさわしい風貌だ。

「どうにか湊を出たばかりで」

優之進は答えた。

「まだ帆が風を孕むまでには間がありそうです」

おはるはそう言って与力の猪口《ちょく》に酒をついだ。

べつに廻り仕事ではないから、茶ではなく昼間から酒だ。もともと酒には強い。

「まあ、焦らずやんな」

長井半右衛門は笑みを浮かべた。

泣く子も黙る与力だが、情に厚く、手下思いで知られている。

「はい。粘り強くやっていくしかないかと」

厨で手を動かしながら、優之進は言った。

「猛さんが廻り方を気張ってくださっているようなので、うちも料理屋を精一杯気張ります」

おはるが引き締まった顔つきで言った。

「猛兵衛は水を得た魚のような働きぶりだ。それはそれでいいんだが」

長井与力は猪口の酒を呑み干してから続けた。

「おめえさんの勘ばたらきは、町方でも右に出る者がいなかったからよ。十手を返上しちまったのは、惜しんでも余りあるぜ」

かつての上役は心底残念そうに言った。

「その節はご迷惑をおかけしましたが、思うところあってのことで」

優之進は言った。

少しあいまいな顔つきで、おはるが次の酒をつぐ。

「そりゃあ、いろいろあったからよ」

ぼかしたかたちで言うと、長井与力はいくらか苦そうにまた酒を呑んだ。

ここで肴が出た。

「お待たせいたしました。白魚《しらうお》の筏《いかだ》焼《や》きでございます」

優之進が品のいい角皿を差し出した。

「おっ、凝ったものが出たな」

与力が身を乗り出した。

「手間がかかっていますので」

仕込みの手伝いをしたおはるが笑みを浮かべた。

春の恵みの白魚は大ぶりなものを選ぶ。頭を取っててていねいに水洗いをし、一刻半《いっときはん》（約三時間）ほどつけ汁につけておく。酒と醬油に味醂を加えた風味豊かなつけ汁だ。

塩梅よくつかったら、五匹くらいを串に刺して筏のようにする。これをひと晩陰干しにしたものを軽くあぶれば、ようやく白魚の筏焼きの出来上がりだ。

「それだけ手間暇をかけても、食うのはあっという間だな」

さっそく賞味した長井与力が言った。

「お味はいかがでしょう」

おはるが問うた。

「手間暇をかけただけのことはあるぜ、おかみ」

長井与力は渋く笑った。

「ありがたく存じます」

おはるはほっとした顔つきになった。

長井半右衛門は剣術の達人だが、侮《あなど》れない舌の持ち主でもある。

「あぶり加減はいかがでしたか」

優之進がたずねた。

「ちょうどよかったぜ。これなら大丈夫だな。中食も力を合わせて気張ってやんな」

長井与力はそう言うと、残りの酒を呑み干してすっと立ち上がった。

「いずれ腰を落ち着けて呑むからよ」

かつての上役が言う。

「お待ちしております」

「またお越しくださいまし」

晴やの夫婦の声がそろった。

四

翌日――。
晴やの前にこんな貼り紙が出た。
明日朔日より中食はじめます
さしみ盛り合はせ膳
あさり汁、ごはん（おかはり一杯まで）、香の物、小鉢つき
おためし三十文　ただし十食うりきれじまひ
それを見て、のれんをくぐってきた者がいた。

家主の杉造だ。

「早々と貼り紙が出たね」

何がなしに鶴を彷彿させる家主が笑みを浮かべた。

「ええ。魚は朝に仕入れますので」

優之進が厨から答えた。

「いまから心の臓がちょっと鳴ってますけど」

おはるが帯に手をやった。

「一日十食だと、お客さんを止めなきゃいけないね」

と、杉造。

「そんなに来てくださるでしょうか」

おはるは半信半疑の面持ちだった。

「そりゃ来るよ。前々から貼り紙を出してあるんだから。ちゃんと数えて、十人で切らないと文句が出てしまうよ」

家主がすぐさま答えた。

「分かりました。気を入れてかからないと」

おはるは引き締まった顔つきで答えた。

杉造には青蕗の煮物を出した。

蕗はあく抜きの下ごしらえがあるから、見た目より格段に手間がかかる。

「これはいい色だね」

家主がさっそく箸を伸ばした。

こりっ、とかむ。

「お味はいかがでしょう」

待ちきれないとばかりに、優之進が厨から問うた。

「味がしみてるねえ」

杉造は答えた。

世辞ではないことは表情で分かる。

「あく抜きをしてから軽く煮て、笊《ざる》に広げて冷ましてから、また煮汁に戻して味を含ませてありますので」

優之進はつくり方の勘どころを伝えた。

「なるほど、手間が味に出てるんだね」

家主は笑みを浮かべた。

杉造がほかの長屋の見廻りに出ていくらか経ったとき、客がいくたりかのれんをくぐってくれた。

書物問屋の山城屋佐兵衛とお付きの手代の竹松、それに、初顔の問屋仲間だった。相模屋《さがみや》の七之助《しちのすけ》だ。佐兵衛と同じくあきないも続けている隠居だが、こちらは供を連れていない。聞けば、一人で足の向くままに散歩するのが好みだから、お付きはいらないのだそうだ。

山城屋は経典などのかたい書物をもっぱらに扱っているが、相模屋はいわゆる地本《じほん》問屋で、読本や草双紙や人情本など、やわらかめのものが主となっていた。あきなうものは違うが、見世が近いため、かねて懇意にしているらしい。

「相模屋さんは料理の指南書なども手広く取り扱っているからね」

山城屋の佐兵衛が言った。

すでに酒とお通しが出ている。青菜の煮物はここでも好評だった。

「さようですか。うちのあるじは料理の指南書を繙《ひもと》くのが好きでして」

おはるが笑みを浮かべた。

「元廻り方同心のお武家様だからね」

佐兵衛がそう言って盃を干す。

「とりどりに取りそろえておりますので、ぜひお越しくださいまし」

相模屋の隠居が如才なく言った。

優之進の前歴はすでに知っているらしく、べつに驚きの色は見せない。

「それはぜひ、寄らせていただきます」

優之進は厨から言った。

肴はまず小鯛の焼き物を出した。

「失礼ながら、元町方の廻り方同心とは思えぬほどの腕前ですな」

佐兵衛がうなる。

「これはおいしゅうございます」

相模屋の隠居が相好《そうごう》を崩した。

笑うと目尻にいい按配《あんばい》のしわが寄る。何がなしに噺家《はなしか》を思わせる風貌だ。

「おまえは腹にたまるものがいいね」

佐兵衛がお付きの竹松に言う。

「はいっ」

丸顔の手代が元気よく答えた。

「茶飯がございますが、いかがでしょう」

おはるが水を向けた。

「それはぜひ、いただきます」

竹松は笑顔で答えた。

お次の肴は白魚の天麩羅だった。今日は筏焼きをつくる時がなかったため天麩羅にした。

これも春の恵みのひと品だ。

「うまい、のひと言ですな」

相模屋の七之助がまた味のある笑みを浮かべた。

「おいしゅうございます」

例によって、竹松が実にうまそうに茶飯をかきこむ。

晴やにおのずと和気が満ちた。

五

その時が来た。

晴やが中食を始める日だ。

驚いたことに、おはるがのれんを出す前に、すでにいくたりか来てくれた。

そのなかには、前に来てくれた桐板づくりの親方と二人の弟子もいた。

「ちょいと早すぎたかな」

親方の辰三《たつぞう》が言った。

鉋《かんな》の手さばきでは江戸一、とは当人の弁だ。

「遅く来てあぶれるよりはいいでしょうや、親方」

一番弟子が白い歯を見せた。

「ああ、いい匂いがしてきた」

その弟弟子が、待ちきれないとばかりに手であおぐ。

その声は、晴やの中にも響いていた。

「そろそろいい？」

おはるが厨に訊いた。

「いいよ」

優之進はそう答えると、おのれに気を入れるように両手をぱんと打ち合わせた。

おはるはのれんを手に取った。「晴」と大きく染め抜かれている柑子色ののれんだ。

ふっ、と一つ息を吐く。

「お待たせいたしました。これより中食を始めます」

おはるは笑顔で告げてのれんを掛けた。

「おう、一番乗りでえ」

桐板づくりの親方が真っ先に入る。

「ああ、腹へった」

「お代わりするぜ」

「まず一杯食ってから言いな」

二人の弟子が掛け合う。

「お座敷でも、一枚板の席でも、お好きなところへどうぞ」

おはるは身ぶりをまじえた。

「おう、座敷がいいな」

親方が言った。

「そうっすね」

「落ち着くんで」

弟子たちが続く。

「いらっしゃいまし」

また客が来た。

おはるが応対しているあいだに、優之進が膳を仕上げていった。

「はい、できました」

晴やのあるじが気の入った声を出した。

「お待たせいたしました。お刺身の盛り合わせと浅蜊汁の膳でございます」

おはるが膳を運んでいく。

「おっ、来た来た」

桐板づくりの職人衆の手が次々に伸びた。

そのあいだにも、次の客が入ってきた。

朝獲《あさど》れの魚を仕入れた河岸の男たち、剣術指南の武家に講釈師のようないでたちの男、なりわいはさまざまだが、みな晴やの中食の膳を求めて次々にのれんをくぐってきてくれた。

おはるは蒼《あお》くなった。

もう残りが少ない。

「十で止めてくれ」

優之進が差し迫った声をあげた。

「はい」

おはるはあわてて数を数えた。

ほどなく、十一人目が来た。

晴やのおかみの顔にほっとしたような色が浮かんだ。

断りを入れなければならない客は、下っ引きの三杯飯の大吉だった。

六

「あっしは、とりあえず飯が食えりゃいいんで」

腹の出た男が笑って箸を動かした。

「刺身を食えなくて残念でしたな」

「代わりに食いますんで」

下っ引きに向かって先客が言う。

晴やの前には、こんな貼り紙が出た。

けふの中食、うりきれました
相すみません
またのおこしを
晴や

「わっ、もう売り切れかい」

「ちゃんと憶《おぼ》えてたんだがよ」

そろいの半纏《はんてん》の大工衆の声が響いた。

あわてておはるが外へ出る。

「相済みません。膳にかぎりがございまして」

まずは平謝りだ。

「十食じゃあっと言う間だぜ」

「せめて二十食、いや、三十食くらいにしなよ」

大工衆が不満げに言う。

「相済みません。あるじと相談して増やしますので」

おはるはそう請け合った。

「おう、そうしてくんな」

「今日はよそへ行くぜ」

大工衆はやや不承不承に帰っていった。

膳にありつけなかった者とはうって変わって、十人前のうちに入った客はみな満足げだった。

「どれもうまかったな」

桐板づくりの親方の辰三が満足げに箸を置いた。

湯呑みに手を伸ばす。

「お代わりもしたんで、腹一杯で」

一番弟子が腹に手をやった。

「いいなあ。二杯で満腹になる胃の腑は」

三杯飯の大吉がそう言ってまた箸を動かした。

「飯だけでもうまいっすよ」

もう一人の弟子がおはるに言った。

「さようですか。ありがたく存じます」

おはるが頭を下げた。

丸髷に挿した小ぶりの鶯《うぐいす》のつまみかんざしがふるりと揺れる。

つまみかんざしは花が多いが、鳥や蝶なども持っている。さすがに鯛などは無理だが、できることなら中食の膳と同じく日替わりにして、いくらかでも見世が華やげばという心持ちだった。

「浅蜊汁もいい味が出てたぜ」

「毎日、浅蜊なのかい」

ほかの客が問うた。

「いえ、味噌汁やけんちん汁など、日替わりにするつもりです」

膳を出し終えて早くも片づけに入った優之進が答えた。

「どれも具だくさんで」

おはるが笑顔で言った。

「そうかい。そりゃ楽しみだ」

「刺身もうまかったな」

「ことに鯛の身がこりこりしてたよう」

客の評判は上々だった。

「よし。なら、また仕事に励むぜ」

親方が腰を上げた。

「気張ってやりましょう」

「晴やの膳を食ったら百人力で」

弟子たちが調子よく続く。

「ありがたく存じました。またのお越しを」

おはるの明るい声が響いた。

七

二幕目も上々だった。

人から人へ、輪がつながっていく。相模屋によく顔を出す講釈師が、隠居の七之助から勧められて晴やののれんをくぐってくれた。顎鬚《あごひげ》をたくわえた大丈《だいじょう》という講釈師は陽気な酒で、上機嫌で講釈のさわりまで聞かせてくれた。長屋の衆が何事ならんと覗《のぞ》きにきたほどだ。

大丈が腰を上げたあと、その長屋に住む左官の親方が弟子とともに顔を出してくれた。女房は惣菜のほうの常連だから、初めから話が弾んだ。

そんな調子で、仕込んだ肴はあらかた出すことができた。上々の首尾《しゅび》だ。

「あんまり呑みすぎると、かかあに角を出されるから、そろそろ帰るか」

左官の親方が腰を上げた。

「帰るって、すぐ裏じゃないっすか」

その弟子が裏手を指さす。

「おう、楽でいいや」

節くれだったほまれの指を持つ左官が白い歯を見せた。

「まあ、おいらも近くの長屋に住んでるんで」

弟子も言う。

「今後ともよしなにお願いいたします」

おはるが笑顔で言った。

「中食の数も増やしますので」

優之進も和す。

「おう、そのうち食いにくらあ」

親方が調子よく言った。

「お待ちしております」

おはるが頭を下げると、つまみかんざしの鶯もひょこっと動いた。

「毎日通うわけにもいかねえけどよ、かかあが惣菜を買ってくるんで、それを肴にてめぇんとこで呑むぜ」

左官の親方が笑みを浮かべた。

「それだけで大助かりです」

おはるは如才なく答えた。

「今後ともよしなに」

優之進もいい表情で言った。

初めのうちはずいぶんと硬さが見られたが、日を追うごとに町場の料理屋のあるじらしくなってきた。

「またのお越しを」

「ありがたく存じました」

晴やの夫婦の声が響く。

「晴」と染め抜かれたのれんは、ほどなく見世の中へしまわれた。

八

いい月が出ていた。

湯屋の帰りだ。

優之進とおはるの影が長く伸びている。

「明日は二十食で、けんちん汁だな」

ゆっくりと歩きながら、優之進が言った。

「主役はお刺身ね」

おはるが問う。

「そうだな。そのうち、焼き魚や煮魚、それに、炊き込みご飯もまじえていこうと思う」

優之進が気の張った声で答えた。

「明日も晴れそうね。二十食でも大丈夫そう」

と、おはる。

「また早々に売り切れるかもしれないから、お客さんを止めてもらわないと」

優之進が言う。

「今日は大吉さんだからよかったけれど」

おはるはやや不安げな顔つきになった。

「もし文句を言われたら、おれが出ていくから、案じることはないよ」

優之進はそう言ってくれた。

月あかりがさらに濃くなった。提灯《ちょうちん》がいらないくらいの明るさだ。

赤子の泣き声が響いてくる。近くの長屋だ。

晴美を亡くしたあと、次の子を流したあと……。

しばらくは、赤子の泣き声を聞くだけで胸苦しくてたまらなかった。目に涙がにじんだこともあった。

しかし……。

時が経つのは何よりの薬だ。

いまは心穏やかに聞くことができる。

お乳がほしいのかしら。

お母さんも大変ね。

どうか無事に育って。

素直にそう思えるようになった。

「ああ、星もきれいだな」

優之進が夜空を見上げて言った。

「そうね。たくさん見える」

おはるは瞬く夜の星を見上げた。

「どこかに、晴美の星もあるな。生まれなかった子の星も」

優之進がぽつりと言った。

「……うん」

おはるは小さくうなずいた。

急に星がにじんで見えた。

晴美の手を引いて歩いたこと、娘が初めて「ははうえ」と言ってくれた日のこと……。

さまざまなことが思い出されてきて、夜空の星がさらにぼやけた。


見える？

晴やを気張ってやってるから、そこから見ていてね。


たった一年半この世で生きただけで向こうへ行ってしまった娘に向かって、おはるは心のなかで語りかけた。

第四章　つなぎ処《どころ》と関所

一

次の日から、晴やの中食は二十食になった。

膳の顔は昨日と同じく新鮮な刺身の盛り合わせで、筍の直鰹《じがつお》煮の小鉢に具だくさんのけんちん汁をつけた。もちろん、飯と香の物もある。

今日もまた人の輪がつながった。同じ長屋に住む左官から聞いた大工衆が、つれだってのれんをくぐってくれたのだ。

鯨尺《くじらじゃく》にちなんだ鯨組《くじらぐみ》の大工衆だ。そろいの瑠璃《るり》色の半纏の背で、愛嬌のある鯨が潮を吹いている。鯨組の大工衆が通りかかると、わらべたちがはしゃぐほどの人気ぶりだ。

「おう、こりゃうめえな」

「飯の盛りもいいぜ」

大工衆の評判は上々だった。

「一杯まではお代わりできますので」

おはるが笑顔で言った。

「けんちん汁はどうなんでえ」

「具だくさんのこの汁もお代わりできたらありがてえんだが」

大工の一人が大ぶりの椀を持ち上げた。

大根、人参、豆腐、蒟蒻《こんにゃく》、葱《ねぎ》、里芋……これでもかという塩梅で具が入っている。仕上げに垂らした胡麻油がいいつとめをしており、くどからぬいい香りがぷうんと漂っている。優之進とおはるが相談を重ねてつくりあげた、晴や自慢のけんちん汁だ。

「二十食分しかおつくりしていないので」

厨で手を動かしながら、優之進が言った。

「相済みません。お代わりはご飯だけで」

おはるも申し訳なさそうに言う。

「そりゃ、足が出ちまったら大変だからよ」

「刺身もあるし、これで充分だ」

「いい見世を勧めてもらったぜ」

鯨組の大工衆はそう言って、また小気味よく箸を動かした。

「いらっしゃいまし。お相席でお願いします」

おはるの声が響いた。

楓川の河岸で働く男たちや、同じ大鋸町の職人衆、客は次々にのれんをくぐってきてくれた。

「あと三膳」

優之進が切迫した声をあげた。

「はいよ」

おはるが動く。

ほどなく、いくたりかの客が急ぎ足でやってきた。

「相済みません。こちらさままで」

おはるは剣術指南の武家とその弟子を手で示した。

武家は近くの道場で師範代をつとめている。弟子とともに二幕目に来てくれたこともあるから、もはや常連のうちだ。

「危ういところであった」

野稽古《のげいこ》で日焼けした武家がほっとしたように言った。

「あぶれるところでしたね、先生」

弟子が続く。

「これはしたり」

大きな声が響いた。

あと一人のところで中食にありつけなかったのは、講釈師の大丈だった。

「相済みません。数にかぎりがございますので」

おはるは平謝りだ。

「南無三《なむさん》、遅かりし大丈、晴やの中食は出尽くしていたり」

講釈の口調で言ったから、見世の客がどっとわいた。

「すまねえこって」

「おれらが先に食っちまってよ」

気のいい大工衆が言う。

「やむをえぬ。今日は両国橋《りょうごくばし》の西詰《にしづめ》で講釈にて、道々、どこぞで食わん。さらばじゃ」

最後まで芝居がかった口調で言うと、大丈は顎鬚をひねりながら去っていった。

二

次の日は初めて炊き込みご飯にした。

具は筍と油揚げだけだが、ふんだんに入っている。多めに炊いて、白飯と同じく一杯だけお代わりができるようにした。

汁は好評だったけんちん汁を続けた。膳の顔は小鯛の焼き物だ。ただし、刺身をあてにして来る客もいるだろうから、いままでより控えめな盛りで添えた。これに卯の花の小鉢がつく。

「昨日の借りは今日返す。焼き物うまし、汁うまし」

座敷から上機嫌な声が響いてきた。

講釈師の大丈だ。

昨日みたいなしくじりをするまいと、今日はいち早く並んでいた。

「今日も早めに来てよかったな」

「普請場《ふしんば》が近くてありがてえ」

鯨組の大工衆の顔もある。

二日連続で来てくれたから、もはや常連のようなものだ。

「中食の膳で精をつけたら、気張ってやれ」

棟梁《とうりよう》の梅太郎《うめたろう》の声が響いた。

よそで修業を積み、鯨組を立ち上げた腕のいい大工だ。

「へい」

「合点で」

大工衆が答える。

「普請が終わったら、打ち上げでお使いくださいまし」

ほかの客に膳を運びながら、おはるが如才なく言った。

「二幕目は座敷を貸し切りにもできますので」

優之進も厨から言う。

「おう、そりゃいいな。落ち着いて呑めそうだ」

梅太郎が乗り気で言った。

「いくらでもお供しますぜ、棟梁」

「こりゃ楽しみだ」

大工衆が和す。

「ぜひお越しくださいまし」

おはるのほおにえくぼが浮かんだ。

今日のつまみかんざしは紅白の梅だ。江戸のほうぼうから梅だよりが届くようになった。梅が終われば、やがては桜が咲く。春がしだいに闌《た》けていく。

「あと三膳」

ほどなく、優之進が指を三本立てた。

「そろそろ止めに出ないと」

おはるが動いた。

「ならば、その役はやつがれが」

銭を払い終え、帰ろうとしていた講釈師がさっと右手を挙げて外へ出た。

「急がれよ。晴やの中食、残り三膳なり。売り切れは目睫《もくしょう》の間《かん》に迫れり。焼き物うまし、汁うまし。炊き込みご飯、なおよろし。急がれよ、皆の衆、急がれよ」

よく通る声で呼びかける。

その声に誘われるように、客は足を速めながらわらわらと近づいてきた。

かくして、二十食に増やした晴やの中食は、またしてもたちどころに売り切れた。

三

その日の二幕目――。

優之進の父の吉塚左門が猛兵衛とともにのれんをくぐってきた。晴やに顔を見せるのはこれが初めてだ。

「開店早々から来るのも何かなと思ってな。ここまで我慢していたんだ」

元定廻り同心が笑みを浮かべた。

「何とかやっていますので、父上」

優之進が言った。

十手を返上し、町場の料理人になったとはいえ、元は武家だ。父はどこまでも「父上」で、間違っても「おとっつぁん」とは呼ばない。

「中食は毎日すぐ売り切れで、ありがたいことです」

おはるが軽く両手を合わせた。

「何食出しているんだ?」

左門が義理の娘に問うた。

「二十食です」

おはるが答える。

「少なかねえか？」

巡り巡って同心株を受け継いだ猛兵衛が問うた。

「初めは十食だったんですけど、あっという間だったので倍に」

と、おはる。

「それでも少ないようだから、三十食にしようかと」

優之進が言った。

「そうしたら、大雨で売れ残ったりするかもしれないと案じてるんですが」

おはるが小首をかしげた。

「そのときはそのときだ。あきないは強気で押すことも肝要だよ」

左門はそう言って、猪口の酒を呑み干した。

ここで肴が出た。

筍の臭《くさ》和《あ》えだ。

筍を煮てあくを抜き、食べやすい大きさに切ってから揚げる。粉をまぶし、二度にわたって揚げるのが骨法《こつぽう》だ。

葱を小口切りにして、笊《ざる》に入れて湯をかけ、水気を絞ってからすりつぶす。臭和えの名は葱にちなんでいる。

これに味噌を合わせ、酒を加えて味を調《ととの》える。味噌の甘みと葱の苦みがこりこりした筍によく合う、春の恵みのひと品だ。

「これは酒の肴にもってこいだな」

左門が笑みを浮かべた。

「おれはまだ茶で」

廻り仕事の途中の猛兵衛が湯呑みを軽くかざした。

「二幕目には、手のこんだ季節の肴をお出しするつもりです」

おはるが言った。

「やがては隠れ家のような見世になるといいな。このあたりにも知り合いは多いから、引札の刷り物があれば配ってくるぞ」

左門はそう言ってくれた。

「十枚くらいは残っているので」

次の肴をつくりながら、優之進が答えた。

「そうしていただければ助かります」

おはるは頭を下げた。

「お安い御用だ」

左門はそう言って、猛兵衛がついだ次の酒を呑み干した。

「このあたりの知り合いと言いますと？」

筍をこりっとかんでから、猛兵衛が問う。

「表店《おもてだな》はみな知り合いのようなものだ。おまえもそうだろうが」

と、左門。

「そりゃ廻り仕事ですから」

猛兵衛が軽くうなずく。

「あとは、實母散《じつぼさん》の喜谷《きだに》家がそこにあるだろう」

左門が身ぶりをまじえた。

「ああ、産前産後の妙薬ですな」

廻り方同心が答えた。

「うちもお世話になったので」

優之進がぽつりと言った。

おはるは何か言いかけてやめた。つい思い出してしまったのだ。

實母散はのみたくてのんだわけではなかった。予期せぬことが出来《しゅったい》してせっかく宿ってくれた子を流してしまい、おなかに痛みも残った。その体を癒《いや》すために服用したのが實母散だった。

勧めたのは義母の志津だった。

せめてあなただけでも達者に、と目に涙をためて煎《せん》じてくれたときのことを、おはるはいまもありありと思い出す。薬の苦さもそこはかとなく憶えていた。

「實母散の隠居は碁敵《ごがたき》で俳諧仲間でもあるから」

趣味の多い元同心が言った。

「なら、そのうちここで一杯」

猛兵衛は猪口を傾けるしぐさをした。

「そうだな。ほかにも町狩野《まちかのう》の絵師や俳諧師など、この界隈に知り合いはいくたりもいる」

左門はそう言って、残りの筍を胃の腑に落とした。

狩野家といえば格式高い奥絵師の家系だが、傍流には町場の絵師も多い。

「なら、油を売ってばかりもいられないんで」

猛兵衛がすっと腰を上げた。

「おう、頼むぞ」

養子縁組をした定廻り同心に、左門が声をかけた。

「承知で」

優之進から十手を受け継ぐかたちになった男が、いい声で答えた。

四

猛兵衛がつとめに戻り、左門が腰を据えて呑む構えになってほどなく、書物問屋山城屋の隠居の佐兵衛とお付きの手代の竹松がのれんをくぐってきた。

「おや、玉山堂さん」

左門は屋号のほうで呼んだ。

「これはこれは、お役目……じゃなかったですね」

佐兵衛が笑みを浮かべた。

「はは、お役目で廻っていたのは昔の話だよ。今日は初めてせがれの仕事ぶりを見にきてね」

左門が答えた。

「ちょうど次の肴ができましたので。手間がかかりましたが」

優之進が言った。

「いまお運びします」

おはるがさっそく動いた。

「おまえはおなかがすいているだろう」

佐兵衛が手代に問うた。

「はいっ」

竹松はいつものように元気よく答えた。

「では、まかないに残しておいた炊き込みご飯をお出しできますが」

おはるが水を向けた。

「手前がいただいてよろしゅうございますか」

書物問屋の手代が言う。

「もう身を乗り出してるじゃないか」

佐兵衛がそう言ったから、晴やかに和気が漂った。

「では、あとでお出ししますので。まずは、これを」

おはるは目に鮮やかな料理を出した。

「ほう、美しいな」

左門が目を細くした。

「これは何という料理だ?」

「春の雪でございます」

おはるが答えた。

「ほう、風流ですな。雪に見立てているのは、せん切りにした独活《うど》だ」

山城屋の隠居が笑みを浮かべた。

「緑のほうは、からし菜をよくすってから裏ごしをし、青酢をつくっております」

優之進が告げる。

「春の野に見立てているわけだな。では、さっそく」

左門が箸を伸ばした。

書物問屋の隠居も続く。

「おお、これはさわやかだな。独活がしゃきっとしていて、青酢とうまく響き合っている」

左門がうなずいた。

元定廻り同心は、食べ歩きを好んでいるだけあってなかなかに侮れぬ舌の持ち主だ。

「見てよし、食べてよし、ですな」

佐兵衛が満足げに言った。

「おいしゅうございます」

いくらか離れたところで炊き込みご飯を食していた竹松が声をあげた。

「おまえは本当にうまそうに食べるね」

佐兵衛の目尻に、やさしいしわが浮かんだ。

五

書物問屋の主従はほどなく腰を上げ、得意先廻りに戻ったが、初めて晴やを訪れた左門はなお腰を落ち着けていた。

「野菜ものが続いたので、今度はこれで」

優之進がそう言って運んできたのは、鯛のあら煮だった。

牛蒡と炊き合わせた甘辛い江戸の味つけのあら煮だ。むろん、これも酒に合う。

「鯛茶もお出しできますので」

おはるが言った。

「なら、あとでもらおう」

左門がすぐさま答えた。

肴ばかりでなく、惣菜づくりも進んだ。

卯の花と、ひじきと油揚げの煮物。ともに大鉢に盛られ、一枚板の席の端のほうに置かれた。

「これは量り売りか？」

左門がたずねた。

「秤《はかり》もあるんですけど、このところはみなさんお椀や丼をご持参していただいているので、おおまかな勘定で」

と、おはる。

「まさに丼勘定だな」

左門が軽口を飛ばした。

あら煮が平らげられた頃合いに、長屋の女房衆の一人がさっそく丼持参で姿を現した。

「まあ、わたしが一番乗り？」

豊かな丸髷に黄楊《つげ》の櫛《くし》を挿した女が笑みを浮かべた。

「ええ、いくらでもお持ちくださいおまささん」

おはるが名を呼んだ。

同じ長屋に住む左官の女房だ。ともに身の上話をして、すっかり打ち解けている。ほかの女房衆にも晴やの惣菜を勧めてくれるから、大いに助かっていた。

「ひじきはうちの亭主の好物だから、これに半分もらっとこうかね」

おまさはそう言って、丼を差し出した。

いたって素朴な素焼きの丼だ。

「はい、承知しました」

おはるが笑顔で答えた。

「ひじきなら、わたしももらうかね」

左門が軽く右手を挙げた。

「卯の花もうまく炊けましたよ」

優之進が勧める。

「あきないがうまいな。なら、それももらおう」

左門が笑って答えた。

「承知しました」

優之進が答えた。

「だんだん町場の見世のあるじの顔になってきたな」

左門はそう言って、おはるがついだ猪口の酒を呑み干した。

「そちらのほうは、肩の荷が」

優之進は左手で右肩を軽くたたいた。

「十手を返上して、肩の荷が下りたか」

と、左門。

「ええ。その代わり、見世をはやらせねばという新たな荷が」

晴やのあるじはあいまいな笑みを浮かべた。

「無理にはやらせなくてもいいから。二人でなんとか食べていかれれば。……はい、お待ちで」

おはるはおまさの丼にひじきを盛って返した。

「ほんとにそうよ。おまんまと、こういうお惣菜をいただけるだけで御《おん》の字だから。……えーと、お代は？」

同じ長屋の女が問うた。

「あ、晦日締《みそか》めで。今日のはお団子一本分ですけど」

おはるが答えた。

「ありがたいけど、もっと取りなよ」

おまさが笑って言う。

「いえいえ、お世話になってますから」

おはるが笑みを浮かべた。

ちょうどそのとき、裏手からわらべたちの声が響いてきた。何か言い合っている。

「片方はうちの子だわ。……これ、喧嘩《けんか》しちゃ駄目よ」

裏手に向かっておまさが大声で言ったから、晴やに笑いがわいた。

「わらべは元気なのが何よりで」

と、おはる。

「なら、もらっていくんで」

おまさが言った。

「はい。毎度ありがたく存じます」

おはるが頭を下げた。

「常連がついて何よりだな」

左門はそう言って、出たばかりの卯の花に箸を伸ばした。

「ええ。おまささんもお子さんを亡くされてるので、わたしも身の上話を聞いてもらって肩の荷が少し下りました」

おはるがそう言って、唐桟縞《とうざんじま》の着物の肩に手をやった。

のれんと同じ柑子色と渋めの茶色を、白が清々《すがすが》しくはさんでいる。

「晴美と同じ疫痢で三つの子を亡くしたそうで」

優之進が言葉を添える。

「そうかい……それは同じ痛みを持つ仲間だな」

左門は情のこもったまなざしでおはるを見た。

「はい」

おはるがうなずく。

しばし間があった。

「卯の花はいかがです？」

優之進がたずねた。

「味つけはまずまずだが、人参はもう少し細く切ったほうが上品でいいぞ」

左門は細かいところに文句をつけた。

「分かりました。次から気をつけます」

優之進は殊勝《しゅしょう》に答えた。

おまさが一喝したおかげで、わらべたちの喧嘩はすぐ治まったようだ。長屋の裏手は静かになった。

代わりに、男たちが掛け合いながらやってくる声が響いた。

「ああ、腹が減った」

「おめえは飯しか頭にねえのかよ」

そう言いながらのれんをくぐってきたのは、十手持ちとその子分だった。

六

「どうですかい、初めて晴やに来てみて」

韋駄天の市蔵がそう言って、左門に酒をついだ。

「中食も売り切れたらしいし、惣菜を買いにくる客もいる。この調子で、細く長くのれんが続いていけば」

左門が言った。

「晴やは飯だけでもうめえんで」

香の物を載せただけで丼飯をかきこみながら、三杯飯の大吉が言った。

「ここは隠れ家のような場所だが、存外に江戸のどこからでも近い。相談ごとやつなぎなどでも使えそうだな」

左門はそう言うと、ひじきと油揚げの煮物に箸を伸ばした。

卯の花と同じく、この惣菜にも細かい文句が出た。

味がいくらか浅い。大豆などを入れると、さらに幅が広がる。細切りの人参などでもいい。

舌の肥えた父の言葉を、優之進はしっかりと聞いていた。

「十文字さまもここへ?」

市蔵がたずねた。

「ええ。来てくれました」

おはるが答えた。

父の隠密廻り同心、十文字格太郎のことだ。

「格さんは神出鬼没の隠密廻りだからな」

左門は笑みを浮かべると、また猪口の酒を呑み干した。

元定廻り同心で、それぞれの子が結ばれている身内だから、気安く「格さん」と呼んでいる。

「長井様も来てくださいました」

鯛茶の支度をしながら、優之進が言った。

元上役の長井半右衛門与力だ。

「猛兵衛も含めれば、これであらかたそろったな」

と、左門。

「みなで江戸を護ってるようなもんで」

十手持ちが白い歯を見せた。

「そうだな。わたしはもうただの隠居だが」

左門はいくらか細くなった髷に手をやった。

「いやいや、影の隠密廻りみてえなもんで」

市蔵が言う。

「勝手な役をつけないでくれ。それなら、優之進のほうが適役だろう。定廻り同心のころから、勘ばたらきの鋭さには定評があったから」

左門が言う。

「いくたびもかわら版に載りましたからね」

大吉がそう言って、またわしっと飯をほおばった。

優之進は苦笑いを浮かべただけだった。

忘れたい思い出が、急にありありとよみがえってきたのだ。

空き巣の男をお縄にしたあと、亭主が隠していた裏の顔を知って世をはかなんだ女房がわが子を手にかけてから自害するという不幸な出来事があった。あのときは、優之進の名前入りで大きくかわら版に載った。その後しばらくは、町を歩くたびに江戸の者たちがひそかにおのれのうわさをしているかのように感じられたものだ。

この十手さえ持っていなければ……。

そう思いつめて、手にしたものをじっと見つめたこともある。

いまはその手に、十手の代わりに包丁がある。ささやかながらもたしかな手ごたえを感じながら、優之進は厨に立っていた。

「ところで、江戸でまた盗賊が動きだしたそうだな。猛兵衛がそんな話をしていたが」

左門が十手持ちに言う。

「そうなんでさ。賭場を開いてどこぞの若旦那などの獲物を釣って、そのうち引き込み役にしちまうのが得意技のようで」

韋駄天の市蔵が答えた。

「なるほど。影の関所でも気をつけていてくれ」

左門はおはるに言った。

「うちは関所ですか」

おはるが笑みを浮かべた。

「あるじは勘ばたらきでは町方一だったからな」

左門は優之進を見た。

「これよりねえ関所で」

十手持ちが笑みを浮かべる。

「町方のつなぎ処と、関所を兼ねているわけだな」

と、左門。

「うちはただの料理屋のつもりでのれんを出したので」

おはるが厨のほうを見た。

「鯛茶、まもなく上がります」

それに応えるように、優之進が言った。

「はあい」

おはるが動いた。

ほどなく、盆に載せてあつあつの鯛茶が運ばれてきた。

香ばしい胡麻醤油に、隠し味で煮切った味醂を加えたものに鯛の切り身をほどよくつけ、昆布だしをそそいで薬味を添えて供する。煎茶の場合もあるが、今日はだし仕立てだ。

「うめえな」

まず十手持ちがうなった。

「こりゃ五杯でもいけますぜ」

下っ引きが和す。

「おめえは食いすぎだ」

「へえ、すんません」

二人が掛け合っているあいだに、左門はじっくりと味わっていた。

「いかがです」

待ちきれないとばかりに、優之進が問うた。

左門はいったん箸を置き、一つうなずいてから答えた。

「この味が出せれば、ひとまずは安心だ」

それを聞いて、おはるもほっとしたような笑みを浮かべた。

第五章　人生の一杯

一

梅の季節が去ると、桜のつぼみがほころぶまで、江戸に凪《なぎ》のような時が来る。

そんな頃合いに、晴やの中食は二十食から三十食に増えた。

「二十食でも足りねえんじゃねえか？」

「そうそう。普請場が遠いとあぶれちまうからよ」

「せめて三十食にしなよ」

「三十食で三十文なら語呂もいいぜ」

すっかり顔なじみになった鯨組の大工衆から、しきりに声が飛んだ。

これまで慎重だった優之進とおはるも、そんな客の声に押されるように中食の数を増やすことにした。

さりながら……。

増やしたとたんに折悪《おりあ》しく雨降りになった。普請場は休みだから、大工衆も左官衆も来ない。楓川の河岸で働く者たちも顔を出してくれない。それやこれやで、せっかく仕込んだ中食がだいぶ余ってしまった。

「なかなかうまくいかないわね」

おはるが苦笑いを浮かべた。

「小鯛の焼き物は惣菜にするか」

優之進も浮かぬ顔だ。

「そうね。山菜おこわも」

と、おはる。

「けんちん汁はずいぶん余ってしまいそうだが」

優之進が首をかしげた。

「こんなときに大吉さんあたりが来てくれたらいいんだけど」

おはるが言う。

大飯食らいの下っ引きが来てくれたら、多少余っても大丈夫だ。

「せっかくうまくできたんだがな」

優之進が残念そうに言った。

「そうそう。胡麻油の香りがちょうどよくて、具だくさんで」

おはるはどこか唄うように言った。

豆腐、人参、大根、里芋、蒟蒻に葱。これでもかというほどに具が入っている。ちょうど近くに筋のいい豆腐屋がある。うまい豆腐を仕入れられるのはありがたかった。

豆腐屋ばかりではない。乾物や玉子なども重宝な仕入れ先が見つかった。早起きして河岸に足を運べば、魚も野菜も新鮮なものが手に入る。今日はあいにくの雨だが、晴やに吹く風はさほど悪くなかった。

「あとで長屋の女房衆に声をかけておいてくれ。いくらかは減るだろう」

中食で出すはずだった小鯛を焼きながら、優之進が言った。

「分かったわ。おまささんに言っておくから」

おはるのほおにえくぼが浮かんだ。

「頼むよ」

優之進は笑みを返した。

二

長屋の衆が惣菜を買ってくれたおかげで、むやみに売れ残る気づかいはなくなった。優之進もおはるもほっとひと息ついた。

二幕目に入っても雨は止《や》まなかったが、桐板づくりの職人衆がのれんをくぐってきてくれた。親方の辰三と二人の弟子だ。なにぶん同じ町内だから、雨でも晴やかに来るのはさほど大儀ではない。

「けんちん汁はいかがでしょう。山菜おこわも小鯛の焼き物も、とりどりにそろっておりますので」

おはるがここぞとばかりに言った。

「これから天麩羅も揚げます」

優之進も厨から言う。

「今日は板削りがきりのいいところまで進んだし、おれらの貸し切りだから、どんどん持ってきてくんな」

親方が身ぶりをまじえて言った。

「けんちん汁は締めのほうが」

「まずは酒と肴で」

弟子たちが言った。

「それもそうだな。ただ、ちょいと小腹がすいてるから、おこわはもらうか」

辰三が言った。

「なら、おいらも」

「茶碗に軽めで」

弟子たちも所望《しょもう》した。

「はい、ただいま」

おはるの声が弾んだ。

雨降りで閑古鳥《かんこどり》が鳴いていたが、ようやく見世が明るくなってきた。

「薇《ぜんまい》がうめえな」

山菜おこわを食すなり、親方が満足げに言った。

「油揚げも味を吸っててうめえ」

「筍もこりこりだ」

二人の弟子が笑みを浮かべた。

続いて、小鯛の焼き物が出た。中食の顔になるはずだった料理がここでつとめを果たした。手間暇をかけて桐板をつくり、削りにまで至った職人衆は、折にふれて猪口を傾けながら上機嫌で箸を動かしていた。

桐板を削ってきれいに仕上げるところまでが辰三たちのつとめだ。江戸でも指折りの品は、その後は簞笥《たんす》職人などに卸される。そこからまた手間暇をかけてつくられる簞笥などは、大店《おおだな》ばかりでなく大名家などからも引き合いが来るらしい。

「お次は薄揚げでございます」

おはるが品を運んできた。

「おっ、上品なのが来たな」

親方がのぞきこんだ。

「蓬《よもぎ》とたらの芽を薄い衣で揚げております。塩でお召し上がりください」

優之進が厨から言った。

初めのころはなかなか言葉が出なかったが、ずいぶんと料理屋のあるじらしいしゃべり方になってきた。

「こりゃ、酒に合いそうだ」

辰三が笑みを浮かべた。

「なら、おいらもいただきまさ」

「おいらも」

箸が次々に伸びた。

さくっとかむ。

「うめえ、のひと言だな」

親方が満足げに言った。

「たらの芽がうめえ」

「塩がまた上品で」

弟子たちが和す。

「つとめのきりがついたら、近場ですぐ呑めるのは上々吉よ」

辰三はそう言うと、弟子がついだ猪口の酒を呑み干した。

「そろそろけんちん汁はいかがでしょう。いくらでもお代わりできますので」

おはるが水を向けた。

「なら、もらおうか」

親方がさっと右手を挙げた。

「承知しました」

おはるはすぐさま動いた。

「すぐできますので」

優之進が気の入った声で言う。

ほどなく、椀が運ばれてきた。

「ずっしりと重いな」

手に取った辰三が言った。

「これだけで満腹になりそうだぜ」

「よし、まず一杯目だ」

弟子たちの箸が動きだしたとき、外で人の気配がした。

まだ雨は降りつづいている。

番傘をすぼめる気配がした。

おはるが気づいた。

いくらかためらってから、のれんが開いた。

「いらっしゃいまし」

待ち受けていたおはるが声をかけた。

晴やに姿を現したのは、初めて見る男だった。

三

「こちらは、どこでも空いておりますので」

おはるが一枚板の席を手で示した。

「今日はあいにくの雨ですな」

弟子の一人が声をかけたが、初顔の客はあいまいな返事をしただけだった。

まだ若い男だ。懐《ふところ》から手拭《てぬぐ》いを取り出し、いくらか濡れた髷を拭う。傘を差していても、風があるからそれなりに濡れる。

少し迷ったあと、客は厨から遠い席に腰を下ろした。着物も傘も上物のようだ。うち見たところ、どこぞの若旦那という風情だった。

「御酒《ごしゅ》はいかがいたしましょう」

おはるが訊いた。

「ぬるめの、燗で」

客はあまり力のない声で答えた。

「猫舌なのかい」

辰三が声をかけた。

初顔の若者はまたあいまいな返事をした。あまり話し好きではないらしい。

「承知しました。いまお通しをお持ちします」

おはるが笑みを浮かべた。

「どちらから？」

燗をつけながら、優之進がたずねた。

「いや、まあ……」

客は言葉を濁した。

雨宿りを兼ねて入ってはみたものの、あまり話したい気分ではないようだ。顔色もさえなかった。

お通しは卯の花と青菜の煮物だった。卯の花は長屋の衆に人気だから、ほぼ毎日つくっている。

酒も出た。

「おつぎします」

おはるが銚釐《ちろり》を手に取った。

酒をつがれても、客は黙ったままだった。肩がいくらか落ちている。

「このけんちん汁はうめえな」

「こりゃお代わりだ」

それにひきかえ、座敷の職人たちは元気だ。

「おう、どんどん食いな。この味なら、いくらでも胃の腑に入《へえ》るぜ」

親方が帯をぽんと一つ手でたたいた。

「けんちん汁、お持ちいたしましょうか」

おはるが初顔の客に問うた。

「山菜おこわと小鯛の焼き物、それに、薄揚げもできますので」

いったん厨から出て、優之進が言った。

「はあ、なら……汁を」

客はいくらか迷ってから答えた。

おや、と優之進は思った。

初めて晴やに来た客から発せられるものが気になった。

座敷の桐板づくりの職人衆とはまるで違う。ともに気の衣をまとっているとすれば、色合いが大違いだ。若い男が発する気は、いかにも暗かった。

「承知しました」

とにもかくにも、けんちん汁を出すことにした。

料理は気をやわらげてくれる。時には人の命を助けることもある。

おのれの人生を顧《かえり》みてもそうだった。十手を持っていたがゆえに嫌な出来事が起こり、気鬱になりかけたときも、一杯の味噌汁を呑んでいくらかなりとも光が差したような気がしたものだ。

たしかあのときは、胡麻を擂《す》り流した豆腐汁だった。もう十手を返上するつもりで江戸の町を廻っていたとき、ふらりと立ち寄った見世だ。

この汁が、あのときのような一杯になれば……。

そう念じながら、優之進は客にけんちん汁を出した。

「お待たせいたしました」

客は無言でうなずいただけだった。

座敷の客の相手をしていたおはると目が合った。伝わってくるものがあった。

あのお客さん、様子が変じゃないかしら。

おはるはまなざしでそう告げていた。

「酒をくんな」

親方が銚釐を振った。

「はい、ただいま」

おはるが我に返って動く。

優之進は客のほうをじっと見ていた。

おもむろに箸を取った客は、けんちん汁を少し啜ると、感慨深げな太息《ふといき》をついた。

その目尻からほおにかけて、つ、とひとすじの水ならざるものが伝わり落ちていく。

それを見たとき、優之進は心を決めた。

このまま帰してはいけない。この若者がどのような荷を背負っているのか、わけを訊かなければ。

ずいぶんと時をかけて、客はけんちん汁を食し終えた。

「お代わりをお持ちいたしましょうか」

おはるが訊いた。

「いや……」

客は軽く首を振ってから続けた。

「もう、胸が一杯で」

そう言うと、わけがありそうな若者は胸に手をやった。

そのとき、男が一人、急ぎ足でのれんをくぐってきた。

「あら、猛さん、ご苦労さまで」

おはるが声をかけた。

晴やに姿を現したのは、定廻り同心の吉塚猛兵衛だった。

四
「五臓六腑にしみわたる味だ」

けんちん汁をいくらか食したところで、猛兵衛がうなった。

「今日は雨降りでだいぶ余ってしまったんです。まだお代わりもできますので。山菜おこわも」

おはるが笑顔で言った。

「残り物には福があると言うからな。おこわもくんな」

猛兵衛は歯切れよく言った。

「はい、承知で」

おはるが答える。

「雨の日はかえって廻り仕事が多くて疲れるから、腹が減る」

猛兵衛はそう言って帯をぽんと一つ手でたたいた。

「そうなんですか、旦那」

桐板づくりの親方が言った。

職人衆はすでに廻り方同心と顔なじみだ。

「雨音がするから、悪さの声が響かねえ。賭場なんぞは、雨の日に開かれることが多いんだ」

猛兵衛はそう答えた。

「ああ、なるほど」

「おいらは行ったことがねえけど」

弟子たちが言う。

「賭場なんぞへ行ったら、追い出すからな」

辰三がにらみを利かせた。

「へい。そりゃ分かってまさ」

「賭場へ出入りしたりするのは馬鹿で」

二人の弟子が答えた。

それを聞いて、初顔の客がつらそうに顔をしかめた。

優之進はその表情を見逃さなかった。

読めた、と思った。

持ち前の勘ばたらきだ。

優之進はすぐさま動いた。

厨から出て、暗い顔をした若者のもとへ向かう。

客はお通しを肴に酒を少しずつ呑んでいた。

近づいてきた優之進をはっとしたように見る。

「賭場に何か関わりでも？」

優之進は口調を改めて問うた。

相手の目をまっすぐ見て言うと、客の顔に動揺の色が浮かんだ。

「賭場がどうしたって？」

猛兵衛が色めき立つ。

「うわあっ」

客はやにわに逃げ出した。

「待て」

優之進が素早く動き、男の襟《えり》をつかんだ。

「何でえ」

「どうした」

座敷の職人衆が声をあげた。

おはるはおろおろするばかりだ。

「神妙にしな」

猛兵衛も加勢に来た。

逃げようとした若者は、観念してがっくりとうなだれた。

五

みなでくわしい話を聞くことになった。

舌の巡りがよくなるようにと、酒がもう一本運ばれてきた。乗りかかった船だ。優之進はそのまま一枚板の席に座り、猛兵衛とともに客の話を聞いた。

逃げようとした若者は、通一丁目の畳表問屋、近江屋《おうみや》の跡取り息子の惣吉《そうきち》だった。父の近江屋惣兵衛《そうべえ》は腕のいい職人を多く抱えたなかなかのやり手で、見世を江戸でも指折りの畳表問屋に育てあげた。

その跡取り息子としてまじめにつとめていた惣吉だが、いささか人に流されてしまうところがあった。その性分が悪いほうへ出た。

肚を隠して笑顔で近づき、甘い汁を吸おうとする者は江戸に多い。人のいいところがある惣吉は、その罠《わな》にまんまと掛かってしまった。

「初めは賭場だとは思わなかったんです」

惣吉が肩を落としたまま言った。

「初回はいい目が出ただろう？」

猛兵衛が表情をやわらげて訊いた。

「はい……びっくりするほど勝ちました」

近江屋の跡取り息子が答えた。

「それがやつらのやり口だからよ。そりゃ甘かったな」

親方が忌憚なく言った。

惣吉は力なくうなずいた。

「まあ、呑め」

猛兵衛が酒をつぐ。

「けんちん汁、もう一杯いかがです？　きっと生き返りますよ」

おはるが笑みを浮かべた。

「では……もう一杯」

惣吉は小さな声で所望した。

「いまお持ちしますので」

晴やのあるじの顔に戻って、優之進は腰を上げた。

ほどなく、二杯目のけんちん汁が運ばれてきた。

「どうぞ」

おはるが椀を置いた。

「お代は町方が払うからよ」

猛兵衛が表情をやわらげた。

「相済みません」

惣吉が頭を下げた。

「その代わり、包み隠さず、洗いざらいしゃべれ」

定廻り同心はすぐさま引き締まった顔つきになった。

「つらいことがあったとき、わたしも一杯の汁で救われたことがある。これをそういう『人生の一杯』にしてくれ」

思いをこめて、優之進は言った。

「人生の一杯に……」

感慨深げな面持ちで、惣吉はうなずいた。

その一杯を食べ終えるころには、おおよそのいきさつが分かった。

賭場へは目隠しをされたうえ駕籠《かご》で運ばれていったから、どこかはっきりと分からなかったが、線香の匂いが漂っていた。してみると、場所はどこぞの寺のようだ。

目隠しをされていても、橋の上り下りは分かる。どうやら賭場は本所《ほんじょ》か深川のようだった。

「で、ふと気づいたときには、馬鹿にならないほど負けがこんじまっていたっていうわけだな？」

猛兵衛が問うた。

「ひと晩で、あっという間に。魔が差してしまって」

惣吉は何とも言えない表情で答えた。

「馬鹿なことをしちまったな」

桐板づくりの親方が言った。

「後悔先に立たずか」

「そりゃ、えれえことに」

二人の弟子が言う。

「博打《ばくち》の借金をつくってしまったことは近江屋さんには？」

優之進がそう言って酒をついだ。

「とても言えませんでした」

惣吉は首を横に振った。

「見世の金を持ち出してでも払えとおどされただろう」

猛兵衛が先を読んで言った。

「そのとおりで」

近江屋の跡取り息子は悄然《しょうぜん》として答えた。

「どう答えたんです？」

おはるがたずねた。

惣吉は唇をかんだ。

「包み隠さず言いな」

猛兵衛が剣術で間合いを詰めるように言った。

「はい」

惣吉は一つうなずいてから続けた。

「そんなことをしたら、勘当になって家を追い出されてしまうと言ったところ、それなら押し込みに入るから、おまえは引き込み役をやれと……」

最後のほうは涙声になった。

「賭場ばかりか、盗賊まで」

優之進は眉根を寄せた。

「こりゃあ大きな捕り物になるかもしれねえな」

猛兵衛が腕を撫《ぶ》す。

「で、段取りはどうするんです?」

座敷の親方が問うた。

「おとっつぁんに包み隠さず言うしかねえな。おれもついて行ってやろう」

定廻り同心は惣吉の顔を見た。

「猛さんが乗り出してくれたら百人力ね」

おはるが笑みを浮かべた。

「それで、盗賊には引き込み役をやることにしたと告げるわけだ」

猛兵衛は手ごたえありげに言った。

「なるほど。それで網を張って捕り物に」

優之進がうなずく。

「その前にもしねぐらが分かったら、討ち入ってもいい。そのほうが話は早いな」

猛兵衛が引き締まった顔つきで言った。

「近江屋さんで盗賊の押し込みを待つのは、もしものことが心配で」

おはるが案じ顔で言った。

「そうだな。ねぐらを突き止めて一網打尽にするのがいちばんだろう」

元廻り方同心が言った。

「とにもかくにも、近江屋だ。包み隠さず白状して、わびを入れな」

猛兵衛が言った。

「はい」

惣吉は涙目でうなずいた。

少し間があった。

雨はいくらか小降りになったようだ。

「けんちん汁、締めにもう一杯いかがです？」

おはるが惣吉に問うた。

「もう胃の腑が一杯で」

惣吉は帯に手をやった。

「では、お茶を」

優之進が言った。

「それなら、いただきます」

近江屋の跡取り息子は頭を下げた。

「なら、こっちにもくんな。そろそろ戻らねえと」

桐板づくりの親方が言った。

「承知しました」

「しばしお待ちを」

晴やの夫婦の声がそろった。

ややあって、茶が運ばれてきた。

熱い番茶を啜ると、惣吉はまたほっと一つ息をついた。

「止まねえ雨はねえからよ」

親方が情のこもった声で言った。

「そのうち晴れ間がのぞきますよ」

おはるが笑みを浮かべる。

「いい風も吹くでしょうから、前を向いて行きましょう」

おのれもつらい谷を越えてきた優之進が励ます。

「はい……ありがたく存じます」

何とも言えない表情でまた頭を下げると、惣吉は残りの茶を呑んだ。

第六章　晴やの味

一

世の中は三日見ぬ間に桜かな

かつて俳諧師の大島蓼太《おおしまりょうた》が詠《よ》んだとおり、江戸は花ざかりになった。晴やの中食は三十食で根づいた。雨降りの日でも、売れ残ることはめったになくなった。

「おっ、今日は鯛飯かい」

「この時分の鯛はうめえんだ」

常連の鯨組の大工衆が言った。

「桜鯛と言いますからね」

厨で手を動かしながら、優之進が言った。

「ほかにも盛りだくさんで」

おはるがさっそく膳を運んでいった。

脂がのった桜鯛の身がたっぷり入った鯛飯に、椀を持つとずっしり重い浅蜊汁。目に鮮やかで香りもいい筍の木の芽和えと、青蕗の煮物の小鉢、それに梅干しや沢庵《たくあん》などの香の物がつく。何がなしに春の山も彷彿させるにぎやかな膳だ。

「晴やの中食を食うと力が出るぜ」

「近場にいい見世ができてありがてえ」

楓川の河岸で働く男たちの箸が小気味よく動く。

「おいら、長屋の裏に住んでるから、食いに来なくてもいいんだがよ」

「なら、かかあにつくってもらいな」

「いや、酒の肴の惣菜もそうだが、晴やの飯はひと味違うんで」

左官衆が掛け合う。

「いらっしゃいまし。お相席でどうぞ」

おはるの声が弾んだ。

「あと四膳で」

優之進が厨から気の入った声を発した。

「承知で」

おはるはすぐさま答えて表へ飛び出した。

そんな調子で、晴やの中食の膳は今日も滞りなく売り切れた。

二

朗報がもたらされたのは、その日の二幕目のことだった。

見廻りに来た家主の杉造とおはるが話していると、あわただしく二人の男がのれんをくぐってきた。

「あら、猛さんと父上……じゃなくて、おとっつぁん」

おはるはそう言い直した。

「無理に言わなくていいよ」

十文字格太郎が笑って言った。

「上々の首尾だぜ、優之進」

猛兵衛が上機嫌で言った。

「と言いますと？」

優之進は手を拭いてから厨を出た。

「おめえさんが持ち前の勘ばたらきで見抜いた、近江屋の跡取り息子の件だ」

定廻り同心が答えた。

「すると、悪者が？」

おはるは隠密廻り同心の父の顔を見た。

今日は小間物屋に身をやつしている。とても敏腕の同心には見えない化け方だ。

「ああ、お縄になった。近江屋には市蔵と大吉をやらせている」

格太郎は答えた。

「ねぐらを突き止めたんですか」

優之進が猛兵衛に訊いた。

「橋向こうの本所か深川の寺。そこまで当たりがついたら、あとはしらみつぶしに当たって、網を絞っていけばいい」

猛兵衛は身ぶりをまじえた。

「本所方にも働いてもらったし、捕り物では火盗改方の力も借りた。町方は寺方に手が出せないからな」

格太郎はそう言って、娘が持ってきた湯呑みに手を伸ばした。

「お寺が悪さをしていたわけですか」

杉造の顔に驚きの色が浮かんだ。

「とんだ生臭坊主で」

猛兵衛が顔をしかめた。

廻り方同心にも茶が出る。

「寺の本堂で賭場を開き、獲物を目隠し駕籠で運んで借金を負わせる。このたびの近江屋みたいな上物が釣れたら、あわよくば押し込みもやらかして根こそぎ奪う。まったくたちの悪いやつらだった」

格太郎はそう言って茶を啜った。

「なら、もう一網打尽で」

と、優之進。

「おう。一人残らずひっ捕まえてやった。おめえさんの勘ばたらきのおかげだ」

猛兵衛は満足げに言うと、うまそうにまた茶を啜った。

「町場の関所の役目を果たしたな」

格太郎が笑みを浮かべた。

「そんな大それたものでは」

優之進はあわてて手を振った。

そのとき、また人の気配がした。

「あっ、親分さんの声が」

おはるが耳ざとく聞きつけて言った。

ほどなく、韋駄天の市蔵と三杯飯の大吉が姿を現した。

三

「へえ、もうかわら版が」

おはるが目をまるくした。

「やることが早《はえ》えからよ」

十手持ちがそう言って、刷り物をおはるに渡した。

「町方からかわら版屋へひそかに伝えてるからな」

猛兵衛がにやりと笑った。

「ここだけの話だぞ」

格太郎が娘にクギを刺した。

「なるほど、引札が大事なのは町方も料理屋も一緒だから」

おはるは一つうなずくと、かわら版に目を落とした。

寺の悪党、一網打尽に
浄心寺《じょうしんじ》といへば、本所では名の知れた古刹《こさつ》なり。さりながら、寺は恐るべき裏の顔を持てり。

暮夜、ことに雨の晩、本堂にてひそかに賭場が開かれてゐたり。目隠し駕籠にて獲物を運び入れ、初めのうちは甘い汁を吸はせて、のちに身ぐるみ剝《は》いでしまふのが生臭坊主とその手下どものやり口なり。

のみならず、賭場で甘い汁を吸はせた愚かな若旦那を引き込み役とし、押し込みまでやつてのけてゐたり。まさに仏罰が下されるべき悪行なり。

このたびは仏に代はり、町方が罰を下したり。生臭坊主も手下のならず者たちも、一人残らずお縄となれり。善哉善哉《よきかなよきかな》。


「こりゃあ、何よりの引札で」

十手持ちが笑みを浮かべた。

「町方に後光が差しているみたいですね」

かわら版をのぞきこんで読んだ杉造が言った。

「それで、近江屋さんのほうはどうなりました？」

おはるが顔を上げて問うた。

「そりゃあもう跡取り息子は平謝りで。どうにか勘当は免れて、心を入れ替えてあきないに身を入れると」

市蔵が答えた。

「それはよかったですね。……はい、お待ちで」

優之進が肴を運んできた。

鯛のあら煮だ。江戸ならではの甘辛い味つけが酒に合う。

「これから天麩羅も揚げますので」

晴やのあるじは笑みを浮かべた。

「おう。打ち上げみてえなもんだから、どんどん持ってきてくんな」

猛兵衛が軽く身ぶりをまじえた。

「で、近江屋さんは何とおっしゃっていましたか？」

おはるがさらに十手持ちにたずねた。

「改めて手土産を提げてあいさつに来ると。今日は奉行所の長井様のところへあいさつに」

市蔵は答えた。

「長井様も上機嫌だった」

格太郎が娘に言った。

「なら、そのうち見えるかも。近江屋さんは明日にでもいらっしゃるかもしれないわね」

おはるはいきさつを呑みこんで言った。

小鯛に蕗の薹に筍。

天麩羅は次々に揚がった。

「こりゃあ飯が進みますな」

三杯飯の大吉がそう言って、鯛のあら煮を丼飯に載せた。

「おめえはいつだって飯が進んでるじゃねえか」

市蔵があきれたように言う。

「今日は町方の払いだから、いくらでも食え」

格太郎が言った。

「へい、ありがてえこって」

いい声で答えると、下っ引きはわしっと飯をほおばった。

「何にせよ、いい関所になってくれたよ」

猛兵衛がそう言って、小鯛の天麩羅をかんだ。

「いや、たまたまで」

厨に戻った優之進が謙遜して言った。

「押し込みに入られなかったのは、近江屋だけじゃなかったかもしれないからな。そう考えれば、ここで食い止められたのは上々吉だ。この先も頼むよ」

隠密廻り同心が娘婿に言った。

「はい、承知しました」

優之進は気の入った声で答えた。

四

翌日――。

晴やはずっと大忙しだった。

中食は刺身膳だ。河岸で仕入れた新鮮な魚をさばいて出す料理だから、いちばん間違いがない。これを好む客も多かった。

椀は日替わりで目先を変える。また同じ汁かと言われないように意を用いていた。その日は筍と若布《わかめ》の味噌汁だった。これに蕗と厚揚げの炊き合わせの小鉢がつく。

三十食の中食が滞りなく売り切れても、厨の優之進が手を休めることはなかった。花見弁当づくりで大忙しだったからだ。

鯨組の大工衆に、近くの旗本の屋敷からも弁当の引き合いが来た。隠れ家のような見世で武家地にも近いから、そちらのほうの客も来てくれるようになった。

人から人へ、評判が伝えられていく。人の輪がつながり、客が少しずつ増えていく。初めはどうなることかと思われた晴やという船の帆は、しだいにいい風を孕むようになってきた。

「おっ、できてるかい」

鯨組の大工衆が勢いこんでのれんをくぐってきた。

「はい、いまお包みしますので」

優之進が答えた。

「しばしお待ちください」

おはるがそう言って風呂敷を用意した。

のれんと同じ柑子色で、「晴」と染め抜かれている。そこだけ灯《あか》りがともっているかのような、あたたかな色合いだ。

「おう、すまねえな」

棟梁の梅太郎がいなせに右手を挙げた。

「早くしねえと桜が散っちまうぜ」

「せっかちだな、おめえ」

「大徳利も頼むぜ、おかみ」

大工衆はにぎやかだ。

「はいはい、ただいま」

おはるがさっそく動いた。

ややあって、花見弁当と酒の支度が整った。

太巻きと稲荷《いなり》寿司。瓢《ひさご》形のだし巻玉子に蛤の佃煮、筍の直鰹《じがつお》煮に青菜のお浸し。色とりどりの二段重ねの弁当だ。

「なら、もらってくぜ」

「楽しみだ」

「徳利もずっしり重いや」

大工衆はみな笑顔だ。

「いってらっしゃいまし」

おはるも笑顔で見送った。

大車輪の働きで弁当を仕上げた優之進は、ほっと一つ息をついた。

五

ようやく波を乗り越えると、凪のような時が来た。

二幕目の皮切りの客は、吉塚左門と初顔の総髪《そうはつ》の男だった。

左門の紹介によると、狩野小幽《しょうゆう》という名の絵師だという。

「わたしの碁と将棋の好敵手でね」

酒とお通しを運んできたおはるに向かって、左門が言った。

「遊んでばかりいてはいかぬのですがな」

小幽が笑みを浮かべた。

「座敷に碁盤や将棋盤があればいいんだが」

左門は厨のほうをちらりと見て言った。

「それは場所を取りますから、父上」

優之進はさらりといなした。

「この座敷なら、さらさらと下描きくらいはできそうですな」

小幽がそう言って、左門に酒をついだ。

「小幽さんは手が早いからね」

左門が筆を動かすしぐさをした。

「それだけが取り柄で」

小幽が笑う。

絵師というより、噺家を彷彿させる風貌だ。

「似面《にづら》も得意で、町方にも力を貸してくれている」

左門がそう伝えた。

「ああ、それでお知り合いに」

おはるが呑みこんだ表情で言った。

「しがない町狩野ですが、なんとか食ってます」

小幽はそう言うと、お通しの卯の花に箸を伸ばした。

花見弁当が一段落したら、次は惣菜だ。卯の花と、高野豆腐の含め煮の大鉢が出ている。

「奥絵師のほうではないんですね」

と、おはる。

「とてもとても」

小幽はあわてて手を振った。

「傍系もいいところなので、奥絵師なんて雲の上です」

「かの有名な狩野探幽《たんゆう》から幽の一字を襲っているがね」

左門がそう言って、猪口の酒を呑み干した。

「相済まないくらいですが、勢いでつけてしまって」

小幽は額に手をやった。

ますます噺家みたいだ。

世に知られた狩野家にはさまざまな系統がある。まず京《きょう》狩野と江戸狩野に分かれる。江戸狩野の奥絵師の家系は、狩野安信《やすのぶ》を祖とする中橋《なかばし》狩野家、狩野探幽の鍛冶橋《かじばし》狩野家、さらに、木挽町《こびきちょう》と浜町《はまちょう》を加えて奥絵師四家となっていた。

そのほかに、傍流の絵師がたんといた。町場で仕事をするため、町狩野と呼ばれている。ときには似面描きもする小幽もその一人だ。

「鯛の煮物が上がります」

優之進が厨から言った。

「おう、いいな」

左門がすぐさま言った。

「お待たせいたしました」

ほどなく、おはるが深皿を運んできた。

鯛の切り身に塩を振り、下味をつける。さらに、熱湯にさっとくぐらせて霜降りにする。

この下ごしらえが仕上がりに活きてくる。

鯛と相性のいい豆腐と葱を合わせて、だし昆布を入れて薄めの煮汁でさっと煮る。醤油も薄口だ。いたってあっさりした味つけが鯛の白身の上品さを引き立てる。

「これはいい味が出てるな、優之進」

左門が感心したように言った。

「薄味で物足りないかもしれませんが」

優之進は安堵の面持ちで答えた。

「二幕目の肴にはちょうどいい」

と、左門。

「中食だと、汗をかくなりわいのお客さんが多いので、濃いめのこってりとした味つけにします。そのあたりは、優之進さまと相談しながらやっています」

おはるが言った。

「絵筆を使い分けるようなものですね。……うまいです」

鯛を味わった小幽が笑みを浮かべた。

そのとき、表で人の気配がした。

二人の客がのれんをくぐってきた。

「いらっしゃいまし。あっ、近江屋さんで？」

おはるが声をかけた。

「はい。畳表問屋近江屋の惣兵衛でございます。このたびは、せがれが大変にお世話になりました。これはささやかな気持ちでございます。お納めくださいまし」

近江屋のあるじはよどみなく言うと、手土産の包みを差し出した。

六

「昨日、奉行所で長井様にも御礼を申し上げましたが、町方の皆様のお力で、せがれはからくも悪の手から逃れられたようです。深く御礼申し上げます」

惣兵衛は深々と頭を下げた。

惣吉も殊勝な顔つきで続く。

「いや、わたしは元同心で、いまはただの隠居だから」

左門が笑みを浮かべた。

すでにひとわたりあいさつを終え、近江屋の親子は座敷に通されていた。

元同心の左門も付き合う。小幽は商家の襖絵《ふすまえ》のつとめがあるらしく、鯛を平らげたのをしおに腰を上げた。

近江屋の親子にも鯛の煮物と酒が出た。

「せっかくだから食え」

惣兵衛が跡取り息子に言った。

「はい」

惣吉が硬い顔つきでうなずく。

近江屋のあるじは唐桟《とうざん》の着物だ。一見すると地味だが、舶来の木綿《もめん》で値が張る。

一方の惣吉は繭織《まゆおり》だった。礼装には用いない安い着物だが、不始末をしでかしたから謹慎の意がこめられているのかもしれない。

「もうだいぶ落ち着きましたか？」

おはるがそう言って惣吉に酒をついだ。

「ええ……心を入れ替えてやっています」

惣吉は答えた。

「いちばん下の丁稚《でっち》と同じ格でやらせています」

惣兵衛が言った。

「一から出直しだな」

左門が言う。

「はい。二度としくじらないように」

惣吉は引き締まった表情で答えると、やっと煮物に箸を伸ばした。

惣兵衛はすでに食しはじめていた。

「鯛もさることながら、付け合わせの豆腐と葱がいいですね」

近江屋のあるじは満足げだ。

「ありがたく存じます。白身の魚の煮物にはとてもよく合うので」

優之進が厨から言った。

「そうそう。この畳はなかなかいい仕事をしていますよ」

畳表問屋のあるじが座敷の畳を手で軽くたたいた。

「まだ畳が若いしね」

と、左門。

「一枚板の席もそうですけど、時が経つにつれて貫禄《かんろく》が出てくるでしょう」

おはるが笑みを浮かべた。

ここで長屋の女房衆が連れ立ってやってきた。

左官の女房のおまさを筆頭に、にぎやかにしゃべりながら惣菜を購《あがな》う。

「今日は弁当づくりもあったので、品数が少なくて相済みません」

おはるがわびた。

「亭主に文句は言わせないので」

おまさが笑って答えた。

「うちゃあ卯の花がありゃ、いくらでも呑めるって言ってるよ」

「そうそう、晴やの卯の花はひと味違うって」

「高野豆腐もおいしそう」

女房衆はひとしきりさえずり、惣菜を手にして帰っていった。

「高野豆腐もいただきましょうか。話を聞いていたら食べたくなったもので」

近江屋のあるじが言った。

「なら、わたしにもおくれでないか。卯の花も少なめで」

左門が右手を挙げた。

「承知で」

優之進が父に答えた。

「お汁はどういたしましょう。今日はけんちん汁ではなく、筍と若布《わかめ》の味噌汁なんですが」

おはるが惣吉に問うた。

「こちらのけんちん汁をいただいて、生き返ったような心地がしたとせがれは言っておりました」

惣兵衛が告げる。

「それはありがたいことで」

おはるが頭を下げた。

今日のつまみかんざしは、時季に合わせた桜だ。

「では、味噌汁を頂戴《ちょうだい》します」

惣吉は折り目正しく答えた。

「承知しました」

おはるの左のほおにえくぼが浮かんだ。

優之進も手伝い、料理を運んだ。

惣兵衛と左門には惣菜、惣吉には味噌汁だ。

「何にせよ、まるくおさまって重畳《ちょうじょう》だったね」

左門がそう言って近江屋に酒をついだ。

「これは恐縮です。ありがたいことで」

惣兵衛が礼を述べた。

「いい味が出てるぞ」

高野豆腐をひと口食すなり、左門が優之進に言った。

「一つずつ『晴やの味』をつくっていければ」

優之進は答えた。

「その意気だ」

左門は笑みを浮かべた。

惣吉はゆっくりと味噌汁を啜っていた。

いったん椀を置き、箸で筍をつまんで口中に投じる。

ほっ、と一つ息がもれた。

「いかがです？」

おはるが控えめに声をかけた。

「これも、『晴やの味』です。……おいしゅうございます」

危うい峠を乗り越えた惣吉はしみじみと言った。

「その味を忘れるなよ」

近江屋のあるじが言った。

「はい」

跡取り息子が引き締まった顔つきで答えた。

第七章　青葉の朗報

一

ちらほらと残っていた葉桜が散り、青葉がことに美しくなると、江戸のほうぼうで初鰹の話が出る。

「晴やでは出さないのかい」

家主の杉造がたずねた。

「とてもとても、そんな値の張るものは」

優之進があわてて手を振った。

「さすがに、初鰹が出ても頼む度胸はないね」

山城屋の隠居の佐兵衛が笑みを浮かべた。

「どれくらいするんでしょう」

お付きの手代の竹松が問うた。

「歌舞伎役者などが見栄を張って初鰹を買ったりするが、二両とか三両とか、目玉が飛び出るような値《あたい》がつくよ」

佐兵衛は身ぶりをまじえた。

「それは大変な値で」

竹松が目をまるくした。

「初物を食すと寿命が七十五日延びると言われますけど、初鰹はその十倍も延びるのだとか」

おはるが言った。

「それなら元が取れるような、やっぱり高いような」

と、杉造。

「『初鰹女房に小一年いわれ』という柳句がある。思い切って値の張る初鰹に手を出したものの、その後一年にわたって女房からねちねち皮肉や文句を言われたんじゃ合わないやね」

佐兵衛が笑って言った。

「では、さほど値の張らない鯛のおかき揚げが上がりましたので」

優之進が厨から言った。

「いまお運びします」

おはるがさっそく動いた。

「おかき揚げとは珍しいね」

書物問屋の隠居が言った。

「煎餅屋さんからしくじりもののおかきを安く仕入れて、すり鉢ですって衣にすると、とても香ばしい揚げ物になるんです」

晴やのあるじが言った。

「お待たせいたしました」

おはるが盆を運んできた。

「これはおいしそうです」

竹松が身を乗り出す。

「おまえはおいしいものに目がないからね」

と、佐兵衛。

「はいっ」

手代がいい声で答えたから、晴やに和気が満ちた。

「うん、香ばしいね。これがあれば、初鰹は要らないよ」

さっそく舌だめしをした杉造が満足げに言った。

「このおかきは醬油味だね？」

佐兵衛がたずねた。

「さようです。おかげで衣に下味がつきます」

優之進が厨から答える。

「ただ食べるだけでもおいしいおかきなんですよ」

おはるのほおにえくぼが浮かんだ。

「たしかに、これはさくさくしていてうまいね」

山城屋の隠居がうなずく。

「おいしゅうございます」

竹松が声をあげる。

「こういう知恵のある料理を出していたら、よそに負けることはないよ」

家主が太鼓判を捺《お》した。

「ありがたく存じます」

すっかり料理人の顔で、優之進は頭を下げた。

二

晴やに朗報がもたらされたのは、それからいくらか経った日のことだった。

胃の腑がむかむかするから、もしやと思った。以前にも似たようなことがあったのを、おはるは憶えていた。

案の定だった。

家主の杉造が紹介してくれた産婆のおそでに診てもらったところ、間違いなく身ごもりだということだった。

ありがたいことだ、とおはるは思った。

晴美をはやり病で亡くし、不幸な成り行きで次の子も流してしまった。そんな悲しみを乗り越えて峠を上りつめると、だしぬけに美しい景色が見えたような気がした。

「今度こそ、だな」

優之進が言った。

「ええ、今度こそ」

おはるはゆっくりとうなずいた。

「日々気をつけて、慎重に過ごさなければ」

優之進がかみしめるように言う。

「こけたりしないように」

おはるは帯を軽く手でたたいた。

「それなら、中食はしばらく休みだな。どうしてもばたばたしてしまうから」

優之進は少し思案してから言った。

「せっかくお客さんがついてきてくださったところだけど」

おはるが小首をかしげた。

「おなかの子のほうがずっと大切だ。また何かあったら、泣くに泣けないから」

優之進が諭《さと》すように言った。

そんなわけで、晴やの中食はいったんはしばらく休むことになった。

だが、ここで風向きが変わった。

同じ長屋の女房衆が、それなら手伝うと手を挙げてくれたのだ。

「せっかくお客さんが来てくれてたのに、休むのはもったいないわよ。おはるさんは勘定場に座ってるだけで、あとはわたしらがお運びをやるから」

いちばん親しいおまさがそう言ってくれた。

「看板娘ってわけにはいかないけどね」

「交替でお運びくらいはできるから」

「『あと何人』って声をかけたりするのも」

「地声が大きいからね」

気のいい女房衆はそう言ってくれた。

「ありがたく存じます。助かります」

おはるはていねいに頭を下げた。

「それなら、中食を続けられそうです。お頼みします」

優之進も続く。

「みなが助けるので、おなかのややこをいたわってください」

おまさが笑顔で答えた。

「今度は無事に生まれるわよ」

「長屋のみながついてるから」

おはるが子を亡くしたり流したりしたことを知っている女房衆は、みなやさしい言葉をかけてくれた。

人の情が心にしみた。

今度こそ、無事にややこを産んで立派に育てなければ。

おはるは改めてそう思った。

三

「そりゃ、おいらの出番で。ほうぼうへつないできまさ」

韋駄天の市蔵が、よく張った太腿《ふともも》をぽんと手でたたいた。

おはるが身ごもったという話を聞いた足自慢の十手持ちは、さっそくつなぎ役を買って出てくれた。

「おう、頼むぞ」

かつての手下に向かって、優之進は言った。

「お願いします」

おはるも頭を下げる。

「任しといておくんなせえ。あっという間に江戸じゅうに広まるんで」

市蔵は戯れ言を飛ばした。

「そこまで広めなくてもいい」

優之進が笑って言う。

「へい。なら、ひとっ走り」

市蔵はそう言うなりもう動きだした。

さすがは韋駄天だ。町方と吉塚家と十文字家、関わりのある各所へ朗報はただちに伝わった。

定廻り同心の吉塚猛兵衛と、隠密廻り同心の十文字格太郎は一緒に晴やののれんをくぐってきた。

「どうだ、具合は」

格太郎がまず娘を気づかった。

「ええ、なんとか。気をつけてるので」

おはるが答えた。

「玉子雑炊など、精のつくものを食べてもらうようにしますので」

優之進が舅《しゅうと》に言った。

「亭主が料理人だと助かるな。……あ、廻り仕事の途中だから茶で」

猛兵衛が右手を挙げた。

「承知で」

おはるがすぐさま答えた。

「おれが運ぶから」

優之進が気づかって言う。

「なるたけやってもらえ」

格太郎が言った。

「はい」

おはるは素直にうなずいた。

優之進が茶を運んできた。惣菜を出し終えて、いまは凪のような時だ。

「秋野《あきの》は明日にでも顔を出すと言っていた」

格太郎がそう言って、茶を少し啜った。

「まあ、母上が」

おはるの表情がぱっと晴れた。

「こっちは、先代がうまいものを食いがてら来ると」

猛兵衛が告げた。

定廻り同心の先代、いまは隠居の身の吉塚左門のことだ。

「先代ならうちの人のほうじゃないかと、猛さん」

おはるが笑みを浮かべる。

「いや、おれはただの料理人だから」

優之進は少しあいまいな表情で答えた。

「持ち前の勘ばたらきで関所の役目を果たしたんだ。見えない十手を持ってるようなもんだよ」

猛兵衛はそう言ったが、優之進は何か言いかけて口をつぐんだ。

「まあ何にせよ、子が生まれるまで、助け合って慎重にな」

格太郎は優之進に言うと、残りの茶を呑み干した。

「はい。お任せください」

優之進の表情が引き締まった。

四

「悪いですね、どうぞよろしゅう」

おはるが手伝いの二人の女房に言った。

「遠慮はなしで、おはるちゃん」

年上のおまさが笑みを浮かべた。

「わたしらがお運びも案内もやるんで、おはるちゃんは勘定場にでんと座ってて」

もう一人のおそのが言った。

おまさにもおそのにも子はいるが、晴やの中食の手伝いをするときはほかの女房衆が面倒を見ることになっていた。そのあたりはみなで助け合いながらだ。

「ありがたく存じます。そうします」

おはるは頭を下げた。

「まかないの分は残しておきますので」

厨で手を動かしながら、優之進が言った。

「まあ、うれしい。いい香りがしてたから」

「匂いだけでおなかが鳴りそう」

同じ長屋の女房たちが言った。

「なら、そろそろのれんを」

おはるが慎重に立ち上がった。

「それはおかみのつとめだからね」

おまさが笑顔で言った。

ありがたいことに、早くも客が来てくれていた。

「お待たせいたしました。中食、始めさせていただきます」

おはるは明るい声で告げた。

「おう、ややこができたんだってな」

「無理しねえでやってくんな」

「めでてえこって」

桐板づくりの職人衆が声をかけた。

親方の辰三、一番弟子と弟弟子。今日は三人そろっての中食だ。

「ありがたく存じます」

おはるが一礼する。

「空いてるお席へどうぞ」

「大年増《おおどしま》の看板娘で相済みませんね」

女房衆が身ぶりをまじえる。

「そりゃもう看板娘じゃねえぜ」

「まあ、娘ってことにしといてやろう」

職人衆が掛け合う。

「はい、お待ちで」

優之進が膳を仕上げた。

今日の膳の顔は筍の木の芽焼き丼だった。

ていねいにあく抜きをした筍を食べやすい大きさに切り、四半刻《しはんとき》（約三十分）ほどつけだれにからめて味をしみさせる。

つけだれは、酒が四、味醂が三、醬油が二の割りだ。

頃合いになったら筍に串を打ち、いくたびか裏表にたれをかけながら焼く。

いい塩梅に焼きあがったら、包丁でたたいて香りを出した木の芽を振る。

ほかほかの飯を丼に盛り、つけだれをほどよくかけてから筍を盛れば出来上がりだ。

これに浅蜊汁と青菜の胡麻和えと卯の花の小鉢がつく。あとで惣菜の大鉢も出すため、
優之進は朝から大車輪で仕込んでいた。

河岸で働く男たち、剣術指南の武家と弟子、それに講釈師の大丈。中食の客は次々にやってきた。

「たまらんな、この丼は」

「浅蜊汁もうめえぞ」

「小鉢もついて三十文なら安いもんだ」

客の評判は上々だった。

「『行く春のうまきものみなこの膳に』」

ひとしきり顎鬚をひねっていた大丈が、やにわに発句を口走った。

本業は講釈師だが、多芸多才で俳諧の心得もある。

「あと三膳」

厨から優之進が言った。

「あとお三人で」

勘定場に座ったまま、おはるが言った。

「はいよ。止めてくるよ」

おまさが動いた。

「お願い」

膳を運びながら、おそのが言う。

ほどなく、ちょうどきりのいいところで客が止まった。

晴やの中食は、好評のうちに滞りなく売り切れた。

五

手伝ってもらった二人の女房にはまかないを供し、明日もよしなにと伝えた。

「お安い御用だよ」

おまさが笑顔で答えた。

「昼どきだけ気張ればいいんだから」

おそのも言った。

「助かります。どうかよしなに」

優之進は重ねて頭を下げた。

「おはるちゃんに無理はさせられないからね」

「いい子を産んでもらわなきゃ」

気のいい女房たちが言った。

「はい」

おはるはいい表情で答えた。

惣菜の大鉢が出た。

ひじきと大豆と油揚げの煮物と卯の花、それに、青菜の胡麻和えだ。おまさとおそのに加えてほかの女房衆も来て、たちまち残りは半分になった。

女房衆が長屋へ戻ってほどなく、おはるの母が小者とともにのれんをくぐってきた。

十文字秋野だ。

「いらっしゃいまし」

父の格太郎から前日に聞いていたおはるは、さほど驚きの色を見せなかった。

「つまみかんざしを挿してるのね」

秋野はおはるの頭を指さした。

「ええ。ちょっと早いけれど」

おはるは笑みを浮かべた。

今日のつまみかんざしは藤をかたどっている。邪魔にならない程度に垂れ下がるさまがなかなかに品が良かった。

「座敷でも一枚板の席でも、お好きなほうに」

優之進が身ぶりをまじえて言った。

「わたくしは端のほうで」

小者の午次郎《うまじろう》が一枚板の席を手で示した。

十文字家に長く仕えている男だ。髷はだいぶ細くなってきたが、顔色はいたっていい。

「では、わたしは上がらせていただこうかしら」

秋野が言った。

小袖《こそで》の裾《すそ》にはさりげなく名前に懸けた秋の野の景色が描かれている。昔から変わらぬ隙《すき》のないいでたちだ。

「どうぞどうぞ。いまおいしいものをお出ししますので」

優之進が笑顔で言った。

「あなたも立ってないで座ってなさい。いまは大事なときなんだから」

秋野が娘を気づかった。

「ええ。なら、座敷の上がり口に」

おはるはゆっくりと腰を下ろした。

「田楽《でんがく》を焼きますが、牡蠣《かき》と小芋、どちらがよろしいでしょうか。むろん、両方でもかまいませんが」

優之進がたずねた。

「そうねえ。なら、舌だめしを兼ねてどちらもいただこうかしら」

秋野が答えた。

「わたくしは小芋だけで充分なので」

午次郎が遠慮気味に告げた。

「承知しました。では、さっそく」

優之進は厨に戻った。

下ごしらえを終えてあった牡蠣田楽を焼く。大根おろしを加えて軽く混ぜ合わせ、水洗いをしてぬめりを取ってやるのが骨法《こつぽう》だ。

練り味噌は味噌と味醂と砂糖でつくる。杓文字《しやもじ》でよく練り、いくらか硬めに仕上げておく。

牡蠣の身に金串を打ったら、両面に焦げ色がつくほどに焼く。熱いうちに金串を抜き、竹串に三つずつ刺して器に盛り、練り味噌をたっぷりと塗れば出来上がりだ。

続いて、小芋の田楽だ。

こちらも下ごしらえを終えている。たっぷりの湯でゆでて、二度ほどゆでこぼしてやるのが勘どころだ。竹串が通るほどになれば、ちょうどいい塩梅だ。

練り味噌は牡蠣といくらか違う。味醂と砂糖を加えるのは同じだが、小芋の場合は赤味噌を用いる。

「はい、できました。……あ、おれが運ぶから」

優之進はおはるを制した。

「いまがいちばん大事なときだからね」

秋野も言う。

「つい、いつもの癖で」

おはるは少し苦笑いを浮かべた。

田楽は好評だった。

「いいお味ね。焼き加減もちょうどいい」

まず牡蠣田楽を食した秋野が笑みを浮かべた。

「小芋もほくほくでおいしゅうございます」

小者の午次郎も満足げだ。

「お砂糖が入っているようだけど、仕入れは大丈夫なの？」

秋野がいくらか声を落として訊いた。

「ええ。ありがたいことに、安く仕入れさせていただけるところがあって」

おはるは答えた。

「玉子や鶏も安く仕入れられるので助かります」

優之進が言い添えた。

「長屋のみなさんが親切で、みな助けてくださるし、なんとかやってるから」

おはるは母に言った。

「そう、来てみて安心したわ。もちろん、味も」

秋野は優之進のほうを見た。

「これからも精進しますので」

優之進は白い歯を見せた。

ここで、表で人の気配がした。

「いい匂いだな」

そう言いながら、吉塚左門がのれんをくぐってきた。

今日は一人ではなかった。

隠居風の男も一緒に入ってきた。

六

「これは、あきないものの手土産で恐縮ですが」

髷が半ば白くなった隠居が温顔で言った。

喜谷新右衛門《しんえもん》だ。

「喜谷家の實母散だよ。わたしの碁敵だ」

左門が笑みを浮かべた。

「それはそれは、ありがたく存じます」

おはるはややあいまいな顔つきで礼を述べた。

二人目の子を流してしまったあと、實母散を勧められて毎日煎じてのんでいた。おかげで体は旧に復したが、薬にはそこはかとなく哀しい思い出がまとわりついていた。

「この薬はお産にもいいから」

それと察したのかどうか、左門が言った。

「血の道から産前産後まで、万能の薬ですので」

新右衛門が如才なく言った。

喜谷家の看板薬、實母散が売り出されたのは、古く正徳《しょうとく》三年（一七一三）のことだった。妊婦が難産で苦しんでおり、喜谷市郎右衛門《いちろえもん》に助けを求めた。市郎右衛門が一服の薬を与えたところ、妊婦は無事に出産を果たした。

この起死回生の妙薬は江戸じゅうの評判となり、やがて實母散の発売につながった。当時の市郎右衛門の本業は薪炭業《しんたんぎょう》で、中橋に居を構えていた。ために實母散は「中橋薪屋楽」とも称され、その後長く愛用されるようになった。

「わたくしも折にふれてのませていただきました」

秋野が座敷で相席になった新右衛門に言った。

「それはそれは、ありがたく存じます」

喜谷家の隠居が如才なく頭を下げた。

当主の座は跡取り息子に譲ったとはいえ、いままで培ってきた顔の広さを活かしてまだほうぼうの得意先を廻っている。さまざまな講にも入っているから、この界隈の顔役の一人だ。

ここで田楽の盛り合わせが出た。牡蠣と小芋を同じ皿に盛り付けると、さらに見栄えがする。

「ほう、これはいい香りだね」

左門が目を細めた。

「どちらもうまそうです」

新右衛門がいくらか身を乗り出した。

「牡蠣の田楽は絶品でございましたよ」

先に味わっている秋野が笑みを浮かべた。

「次の料理もまもなく上がりますので」

優之進は軽く一礼してから厨に戻った。

田楽の評判は上々だった。さしつさされつしながら、さらに話が弾む。

「ところで、医者には診てもらったのかい？」

左門がおはるにたずねた。

「いえ。いまのところ、産婆のおそでさんだけです」

おはるは答えた。

「それなら、京橋の志垣幸庵《しがきこうあん》先生に言っておこう。往診にも来てくださるから」

左門が乗り気で言った。

「江戸でも指折りの産科医ですからね。實母散も扱っていただいております」

喜谷家の隠居が温顔で言った。

「もし来ていただけるのならありがたいです」

おはるが笑みを浮かべた。

「どうかよしなに、父上」

料理を仕上げながら、優之進も言った。

「ああ、幸庵先生とも碁を打ったことがある。お強い碁でな」

左門は答えた。

「お忙しいから早打ちだけれど、着手が乱れませんからね」

と、新右衛門。

「患者の診立ても誤ることはないというもっぱらの評判でね」

左門はおはるに言った。

「さようですか。それはぜひ診ていただきたいです」

おはるはすぐさま答えた。

「腕のいい産婆と、いざというときの備えの産科医、それに……」

左門が新右衛門を見た。

「忘れちゃならない實母散」

喜谷家の隠居が芝居がかった口調で言ったから、晴やに和気が漂った。

料理ができた。

鯛と焼き豆腐の煮合わせだ。

三枚におろした鯛の身と角切りの焼き豆腐を八方地で別々に煮て合わせ、木の芽を盛った椀仕立ての小粋なひと品だ。

「これもおいしゅうございますね」

秋野が優之進に言った。

「ありがたく存じます」

優之進は満足げに頭を下げた。

「皮目がぱりっとしていますな」

新右衛門が鯛の身をいくらか食してから言った。

「火取りをしてから煮ておりますので」

優之進が答える。

「それなりに腕は上がっているようでね」

左門が言った。

「この味が出せれば繁盛間違いなしです」

喜谷家の隠居はそう言うと、残りの鯛を胃の腑に落とした。

「今後も来てやってくださいよ」

左門がそう言って酒をついだ。

「そりゃ喜んで」

隠居が呑み干す。

そのやり取りを聞いて、おはるのほおにえくぼが浮かんだ。

第八章　人情の町

一

「よろしゅうございますね」

総髪の産科医が笑みを浮かべた。

京橋の志垣幸庵だ。

診療所も構えているが、日を決めて往診も行っている。弟子をつれてほうぼうを廻るから、よく日に焼けていた。

「精のつくものを召し上がって、足元に注意して慎重に過ごされれば、おのずと安産になりましょう」

志垣幸庵は温顔で告げた。

「ありがたく存じます。気をつけます」

頭を下げたとき、おはるの脳裏にある場面がだしぬけに浮かんだ。

亭主をお縄にした優之進を逆恨みした女が屋敷に乱入し、やにわに刃物を振りかざした刹那《せつな》だ。せっかく宿った子を流すことにつながる場面だから、できることなら忘れてしまいたいのに、頭に執念《しゅうね》くまとわりついて離れてくれない。

「玉子が安く手に入りますので、玉子雑炊などを折にふれてつくっております」

優之進が言った。

「それはようございますね。玉子ほど精のつくものはありませんので」

帰り支度をしながら、産科医が言った。

「では、今後ともよしなに」

優之進が言った。

「はい。また半月後に寄らせていただきます。何か気になることがあれば、診療所まで駕籠でお越しくださるか、産婆のおそでさんのほうへ」

志垣幸庵はよどみなく言った。

「承知しました。本日はありがたく存じました」

おはるはていねいに頭を下げた。

思い出したくない場面は、いつのまにか脳裏から消えていた。

二

産科医を見送ってほどなく、長井与力がふらりとのれんをくぐってきた。

晴やの二幕目だ。

往診を受けたばかりだと聞くと、一枚板の席に陣取った与力の表情がやわらいだ。

「精のつくものを食べていれば大丈夫だと、先生はおっしゃっていました」

おはるが笑みを浮かべた。

「気張ってつくっています」

優之進が厨で二の腕をたたいた。

「たとえばどんな料理だ」

長井与力が問うた。

「玉子がよそより安く手に入るので、玉子雑炊などを」

志垣幸庵にも伝えたことを、優之進は告げた。

「玉子か。それは何よりだ。酒の肴にだし巻きはできるか」

与力が所望した。

「はい、できます。少々お待ちください」

優之進はすぐさま答えた。

「ずっと前から料理人をやってたみたいな感じになってきたな」

かつての上役が言った。

「わたしは料理人の女房が板についてきました」

おはるが笑みを浮かべた。

「晴やのおかみもな」

与力の長い顔がほころぶ。

「はい。見世を開いてよかったです。長屋のみなさんも助けてくださるし」

おはるがいい表情で答えたとき、長屋の女房衆が椀や鉢を手にしてやってきた。

惣菜の所望だ。

「今日はひじきの煮つけがおいしいわよ。わたしはいち早くもらって帰ったけど」

おまさが言った。

「いや、いつもの味ですが」

優之進が笑う。

「いつもの味がいちばんだ」

長井与力がそう言って、猪口の酒を呑み干した。

すぐさまおはるがつぐ。

「あとは卯の花に金平牛蒡。どれも亭主の好物で」

「それほど出費《かかり》にもならないし」

「晴やの裏に住んでてよかったわね」

女房衆はひとしきりさえずり、それぞれの惣菜を手にして引き上げていった。

「お待たせいたしました。だし巻き玉子でございます」

優之進が元上役に肴を運んできた。

「おう、きれいな瓢《ひさご》形で、大根おろし付きか」

長井与力がのぞきこむ。

「はい。大根おろしにはお好みで醤油を」

優之進が言った。

「あとは味だな」

おはるも見守るなか、長井与力はだし巻き玉子に箸を伸ばした。

「うむ……上品な仕上がりだな。歯ざわりがいい」

与力はまずそこをほめた。

「手間はかかりますが、二度こしていますので」

と、優之進。

「お味はいかがでしょう」

待ちきれないとばかりに、おはるが問うた。

「甘からず、ちょうどいい味だ。だしがいい塩梅に効いている。この味が出せれば、料理屋の番付も夢じゃないぞ」

舌の肥えた長井与力が太鼓判を捺した。

「ありがたく存じます」

「励みになります」

晴やの夫婦の顔に喜色が浮かんだ。

三

「いいお味だったわ」

おはるがそう言って椀を返した。

「毎日これを食っていれば、精がつくから」

火を落とした厨の片づけをしながら、優之進が言った。

いつものように、最後におはるのためだけに玉子雑炊を出した。

玉子がややこの身の養いにもなるようにと、優之進が心をこめてつくった玉子雑炊の味は、今日もおはるの心にしみた。

仕込みも片づけも終わった。晴やの二人は湯屋へ出かけた。

長屋の女房衆も同じ湯屋だし、ほかの常連にも顔なじみが増えた。おはるが身ごもっていることを知ると、気のいい女たちはみな気づかってあたたかい言葉をかけてくれた。

「いい湯だったな」

湯屋の前で待っていた優之進が笑みを浮かべた。

「お待たせで」

おはるが笑みを返す。

「遠回りで、舌だめしをしていくか」

優之進が水を向けた。

「お蕎麦《そば》？」

おはるが問う。

「ああ。屋台とは思えないほどいいだしだから」

優之進が答えた。

晴やのある大鋸町からいくらか離れた辻に、風鈴《ふうりん》蕎麦の屋台が出る。試しに食べてみたところ、つゆの味が深いので驚いた。

それもそのはず、屋台のあるじは元乾物屋で、鰹節にも昆布にも目が肥えているらしい。

優之進とおはるは、折にふれて湯屋の帰りに立ち寄っていた。

屋台のあるじは、いつもねじり鉢巻きのいなせな男だ。

「いらっしゃい」

「かけを二杯」

優之進は指を二本立てた。

「承知で。うちのつゆは身の養いになるからね」

あるじが自慢げに言った。

おはるが身重だということは前に告げている。それを受けての言葉だ。

今日のつゆも深い味わいだった。屋台の蕎麦なら、江戸でも指折りの出来だ。

「おいしい」

おはるは笑みを浮かべた。

「つゆの船が五臓六腑へ流れて行くかのようだな」

優之進がかみしめるように言う。

「うまいことを言いますな、お客さん」

屋台のあるじが笑みを浮かべた。

「いや、思いつきで」

優之進も笑みを返した。

おいしい蕎麦を食べ終えた二人は、ゆっくりと帰路に就いた。

あたりはもうだいぶ暗くなっていた。

「いい月ね」

おはるが空を見上げて言った。

「そうだな」

優之進も同じほうを見る。

晴美をはやり病で亡くしたあと、そして、思わぬ不幸な成り行きで次の子を流してしまったあと、二人で夜空を見上げて話をした。

あそこに、いる。

見守ってくれている。

涙を浮かべながら、そんな話をした。

しかし……。

今夜は違った。月の色は、当時よりあたたかく感じられた。

今年はもう鰹を食ったかどうか。そんな話をしながら、男たちが通り過ぎていく。

「そろそろ出せるかしら、鰹」

おはるが小声で問うた。

「そうだな。値が落ち着いてきたから、仕入れて出すか」

優之進は乗り気で答えた。

「ええ、楽しみ」

おはるは笑顔で言った。

四

翌々日——。

晴やの中食に初めて鰹が出た。

鰹の梅たたき膳だ。

むやみに値を上げることはできないため、鰹のほかは味噌汁の具も葱と油揚げだけにした。あとは飯と香の物だけだ。

ただし、膳の顔の鰹は惜しまず盛った。これだけで充分に豪勢だ。

鰹をあぶり、皮の下の脂を溶かすと、ことのほかうまくなる。とろっとした甘みが出るから、飯にも酒にも合う。

焼いたあと、冷たい井戸水につけるやり方もあるが、書物で学んだ優之進はあつあつのまま調理をした。まな板に置いた鰹を切り、酢をかけて手でたたいてなじませる。

薬味はたっぷりだ。長葱、生姜、青紫蘇《あおじそ》、茗荷《みようが》に貝割菜《かいわれな》。風味豊かな薬味を載せ、梅肉《ばいにく》だれをかける。

梅肉だれのつくり方はこうだ。

梅干しの種を取り除き、ていねいに裏ごしする。さらに、梅干しを細かく刻んだものも用意する。

鍋に裏ごしした梅肉を入れ、だしでのばして醬油と酢を加える。弱火でよくまぜ、仕上げに水溶き片栗粉を加えてとろみをつける。

これで梅肉だれの出来上がりだが、刻んだ梅干しを加えると、かむごとに味が変わってなお深い味わいになる。

「こりゃあ、来た甲斐があったな」

中食の客が破顔一笑した。

近くに住む剣術指南の武家だ。

「こんなうまい鰹のたたきは初めてです」

その弟子がうなる。

「梅肉だれを工夫してつくりましたので」

優之進が厨から言った。

「絶品だよ、あるじ」

「梅干しの粒が残ってるのがまた味なところで」

二人の武家が満足げに言った。

「鰹うましことに晴やの梅たたき」

早くから来ていた講釈師の大丈が発句をひねる。

「まかないには出ないかな」

お運び役のおまさが小声で言った。

「さすがにそれはどうかしら」

もう一人の女房が首をひねった。

「もう少し値が下がったら、まかないにも出しますよ」

優之進が聞きつけて言った。

「なら、それまで我慢ね」

おまさは笑みを浮かべた。

「これからはたびたび鰹を出すのか」

武家の客が問うた。

「仕入れ次第ですが、鰹はたたきのほかにも竜田揚《たつたあ》げや手捏《こ》ね寿司などもお出しできますので」

優之進はよどみなく答えた。

「それは楽しみだ」

「明日も来たくなるな」

客は笑顔で言った。

そんな調子で、晴やの中食の膳は好評のうちに売り切れた。

五

二幕目になった。

まずは惣菜を出した。

人気の卯の花に金平牛蒡、青菜のお浸しに小芋の煮物。いつもながらのまっすぐな惣菜だ。

おまさをはじめとする長屋の女房衆は亭主のためにとりどりの惣菜を購《あがな》い、ひとしきりさえずってから戻っていった。

それからほどなく、二人の書物問屋の隠居がつれだってのれんをくぐってきた。

山城屋の佐兵衛と、相模屋の七之助だ。佐兵衛はいつものように手代の竹松をつれている。

「今日は講の寄り合いだったんだが、数がそろわなくてね」

佐兵衛がいくらかあいまいな顔つきで言った。

「まあ、さようでしたか」

出迎えたおはるが言った。

「隠居の多い講だから、身の調子を崩す人もいたりしてね」

佐兵衛が言った。

「わたしも気をつけないとね。というわけで、何か精のつくものをおくれでないか」

七之助が厨の優之進に言った。

「鰹の竜田揚げをお出しできますが」

優之進が水を向けた。

「鰹か。いいね」

「竜田揚げは珍しいよ」

二人の隠居はただちに乗ってきた。

「承知しました」

気の入った声で答えると、優之進は竜田揚げをつくりはじめた。

紅葉の名所の竜田川にちなむ料理だ。竜田揚げの名を使えるのは秋だけで、その他の季節は琥珀《こはく》揚げと呼ぶべしと小うるさいことが書いてある料理指南書もあるが、晴やでは竜田揚げで通していた。

皮をつけたまま鰹を切り、醤油と酒におろし生姜を加えた地にしばらく浸ける。それから水気を拭き、片栗粉をまぶして揚げる。白いところが映えるように、粉をたっぷりつけるのが骨法だ。そうすれば醤油地の赤いところも引き立つ。

「見てよし、食べてよしだね」

山城屋の隠居が笑みを浮かべた。

「ちょうどいい揚げ加減で」

相模屋の隠居も和す。

それを聞いて、優之進もおはるもほっとした顔つきになった。

鰹の竜田揚げに続いて、あぶった鰺《あじ》の干物や鱚天《きすてん》などが出た。お付きの竹松は竹輪《ちくわ》の天丼を出してもらって大喜びだ。

佐兵衛と七之助がなおも一枚板の席で呑んでいると、髷がいくらか崩れた女が一人、いくらかおぼつかない足取りで入ってきた。

「いらっしゃいまし」

声をかけたおはるは、おや、と思った。

同じ丸髷に黄楊《つげ》の櫛を挿した女房でも、惣菜を買いにくる長屋の女とはだいぶ感じが違った。

それは優之進も気づいた。

持ち前の勘ばたらきだ。

「どうかしましたか」

優之進は厨から出るなり、女に問うた。

同心だったころのような、鋭いまなざしだった。

六

「お茶を一杯、いただけないでしょうか」

疲れた顔つきの女が所望した。

「お茶ですね。ただいまお持ちします」

おはるが優之進の代わりに言った。

厨に向かうときに気づいた。女のこめかみからほおにかけて、うっすらとあざがついていた。

「何かわけでも?」

いくぶん表情をゆるめて、優之進が問うた。

「いえ……」

女は言いよどんだ。

「ここのあるじは、もともと腕っこきの町同心だったお方だからね。困ったことがあれば相談するといいよ」

佐兵衛がすすめた。

「町同心で……」

女の表情が少し変わった。

「いまはただの料理屋のあるじですが、従兄が廻り方同心を継いでいるので」

猛兵衛を念頭に置いて、優之進は言った。

「わたしの父はいまも隠密廻りとしてつとめていますし……はい、お茶、お待ちで」

おはるが湯呑みを差し出した。

そこにも「晴」と記されている。

たとえ身の内に何か曇りがあっても、お茶を呑めばたちまち晴れていくかのような字だ。

「ありがたく存じます」

片滝縞《かただきじま》の着物をまとった女は礼を言って受け取ると、湯呑みを口元へ運んだ。

ほっ、と一つ息をつく。

あえて声はかけず、みな黙って見守っていた。

女はさらに茶を呑んだ。

その目元から、うっすらとあざが残っているほおのほうへ、ひとすじの水ならざるものが伝わっていく。

優之進がおはるに目配せをした。

おまえから話を聞いてやってくれ。そのほうが話しやすいだろう。

その思いはただちに伝わった。

おはるは小さくうなずくと、女から少し離れたところに腰を下ろした。

「よろしかったら、何があったのか、わけを話してみてください。力になりますから」

おはるのほおにえくぼが浮かんだ。

女はこくりとうなずき、いったん湯呑みを置いた。

そして、やおら語りはじめた。

七

女の名はおたきといった。

亭主は腕のいい版木職人だが、気が短く、気に入らないことがあるとすぐ手を挙げるたちだった。酒癖も芳《かんば》しいとは言えなかった。

それでも、初めのころはそれなりにむつまじく暮らしていた。そのうち子もでき、まずまずは満ち足りた暮らしだった。

しかし……。

あいにくなことに、子ははやり風邪をこじらせてあっけなくあの世へ行ってしまった。翌年に身ごもった子も流してしまった。そのあたりから、夫婦のあいだにすきま風が吹くようになった。

「わたしと同じですね」

おはるは言った。

「おかみさんも？」

同じくらいの年配の女が少し驚いたように訊いた。

「ええ。上の子は、はやり病で、次の子も……」

おはるは言いよどんだ。

血相を変えて屋敷にやってきた女の顔がまただしぬけに浮かんだ。

「そうだったんですか」

おたきはうなずいた。

「で、その後はどうしたんだい？」

山城屋の佐兵衛が温顔で問うた。

「この際だから、すべて吐き出しておしまいなさい」

相模屋の七之助も和す。

ここで優之進が料理を運んできた。

「玉子雑炊です。食べるとほっとしますよ」

晴やのあるじが笑みを浮かべた。

「お代はわたしが持つからね」

「山城屋さんはうなるほどお金をお持ちだから」

「はは、真に受けられたら困るよ」

二人の隠居が掛け合った。

「どうぞ召し上がってから続きを」

おはるが手でうながした。

「はい……では」

おたきは控えめに匙《さじ》を取った。

口元に運ぶ。

ほっと息をつく。

さらに匙が動いた。

いくらか離れたところから見守っていた優之進とおはるの目と目が合った。

これでいいわね。

おはるはまなざしでそう伝えた。

八

玉子雑炊を食べ終えたおたきは、さらに話を続けた。

ちょうど十手持ちとその子分が見廻りに来たから、一緒に話を聞いてもらうことにした。

韋駄天の市蔵と三杯飯の大吉だ。

子が育たなかったのはおたきのせいではないのに、亭主はおたきを邪慳《じゃけん》に扱うようになった。どうやらほかに女もできたらしい。そちらに気を移していることは察しがついた。

いたたまれなくなったおたきは長屋を出た。

いっそのこと、大川《おおかわ》へ身を投げてしまおうか。

世をはかなんだ女はそうも思った。

だが、踏ん切りがつかず、江戸の町をあてなくさまよっているうちに、晴やという小さな湊にかろうじてたどり着いた。

そんな経緯《いきさつ》だった。

「おめえさんが身を投げるこたぁねえや。一から十まで、亭主の料簡《りょうけん》違いなんだからな」

市蔵は力をこめて言った。

「まったくで。早く別れちまいな」

大吉も和す。

「でも、行くところがないもので……」

おたきは目を伏せた。

聞けば、天涯孤独に近い身の上で、頼るべき係累《けいるい》がいないらしい。

「亭主のほうには、おいらがにらみを利かせてやる。何なら、町方の旦那に頼んでもいい」

市蔵が言った。

「さっきも言ったように、従兄が廻り方同心なので」

優之進はそう言うと、茶の入った湯呑みを置いた。

「ありがたく存じます」

こくりと頭を下げると、行き場をなくした女は湯呑みに手を伸ばした。

ゆっくりと呑む。

おたきは、ほっと息をついた。

ここで女房衆が惣菜を買いに来た。

おまさとおそのもいる。

ひとたび買っても、また追加を求めに来ることもしばしばあった。裏の長屋だから、すぐ顔を出せる。

成り行きで、おたきのことを女房衆にも伝えた。

「そりゃあ、亭主が身勝手だよ」

おまさが珍しくきっとした顔つきで言った。

「子を産めねえ女は出ていけ、と前に流してしまったときに言われて……その言葉がまだ耳に残っていて」

おたきはつらそうに耳に手をやった。

「だったら、あんたが産みなって言ってやれ」

市蔵親分が憤然として言った。

「親分の言うとおりで」

大吉がうなずく。

「まったく、言うに事欠《ことか》いて、そんな台詞《せりふ》はないね」

いつも温厚な佐兵衛の顔に怒りの色が浮かんだ。

「そんな男に義理立てすることはないよ」

七之助も言う。

「義理立てはしていないんですが……」

おたきはあいまいな顔つきで言った。

「なら、おいらが亭主に三下《みくだ》り半《はん》を書かせてやる。四の五の言わせねえから」

十手持ちがそう請け合った。

「長屋にはまだ入れると思うので、家主さんに言っておきましょう」

優之進が続いた。

「落ち着いたら、うちで中食のお運びの手伝いとか、つとめはいろいろありますから」

おはるが笑顔で言った。

「さようですか……助けていただいたばかりか、そんなところまでお世話になって」

おたきは続けざまに瞬《まばた》きをした。

「内職はいろいろあるからね」

「長屋のみんなは助け合って暮らしてるから」

「ここにいたら、もう大丈夫よ」

女房衆は口々に言った。

「江戸は人情が取り柄だからね」

山城屋の隠居が笑みを浮かべた。

「いいこと言うな、ご隠居」

韋駄天の市蔵が言う。

「人情の町、人情の味」

どこか唄うように、おはるが思いついたことを口にした。

「いいわね、人情の町」

おまさがすぐさま言った。

「いまのは引札にしな。置き看板でもいいぜ」

十手持ちが軽く身ぶりをまじえた。

「考えてみます」

厨で手を動かしながら、優之進が答えた。

第九章　福猫登場

一

「いらっしゃいまし」

晴やで明るい声が響いた。

ちょうど中食どきだ。

「おっ、新たな手伝いかい」

なじみの大工衆の一人がお運びの女に声をかけた。

「はい、昨日からやらせていただいています」

片滝縞の着物をまとった女が答えた。

おたきだ。

市蔵親分ばかりでなく、廻り方同心の吉塚猛兵衛まで身持ちの悪い亭主のもとへ赴《おもむ》き、三下り半を書かせた。さらに、向後おたきにつきまとったりせぬよう、よくよく言い聞かせておいた。

これでひとまず安心だ。離縁したおたきは裏手の長屋に入り、晴やの手伝いを始めた。まずは上々の首尾だ。

「気張ってやりな」

「気のいい女房衆ばかりだからよ」

「むろん、おかみもな」

客の一人がおはるを手で示した。

「みなで力を合わせてやりますので」

おはるは笑顔で答えた。

中食は鰹の梅たたき膳だった。

ただのたたきを出したこともあるが、やはり物足りないという声がもっぱらだった。梅肉だれを用いた梅たたきはひと味違う。

優之進は漬け物にも力を入れていた。飯と漬け物は膳の土台になる。ことに梅干しは、ほかの料理にも用いることができる。わざわざ遠方まで梅を仕入れに行き、ていねいに漬けた晴やの梅干しは茶漬けにしても絶品だというもっぱらの評判だった。

「ここの梅たたきは癖になるからよ」

「よその鰹は食えねえぜ」

「江戸で鰹を食うなら晴やにかぎるな」

客は口々にそう言ってくれた。

「けんちん汁も晴やの名物だな」

「そうそう、具だくさんでよ」

「胡麻油の香りがぷーんと漂ってくるんだ」

客は汁もほめてくれた。

そんな調子で、子の世話で大変なおそのの代わりにおたきもお運びに加わった中食の膳は滞りなく売り切れた。

二

中食が終わると、惣菜の鉢が並びはじめる。

高野豆腐に金平牛蒡、名物の卯の花に青菜の胡麻和え。

どれもまっすぐな惣菜だ。

「なら、亭主の好物の卯の花を買って帰ろうかね。それと、長屋であぶっていただく干物も」

おまさが言った。

「わたしは独り身になったけれど、高野豆腐だけいただきます」

おたきが笑みを浮かべた。

「まかないのうちだから、好きなだけ持っていってください」

おはるが笑みを返す。

「いえ、それじゃ悪いので」

おたきはあわてて言った。

「よく気張っていただいたので、遠慮なく」

優之進が勧めた。

「おまささんも、卯の花を好きなだけ」

おはるが身ぶりをまじえた。

「いえいえ、そういうわけにも」

おまさは固辞していたが、結局、控えめに椀に一杯分だけ卯の花をもらって引き上げていった。

二幕目になった。

まずのれんをくぐってくれたのは、桐板づくりの職人衆だった。

なにぶん仕事場は目と鼻の先だ。つとめにきりがついたら、すぱっと打ち切って晴やで呑んでくれるからありがたい。

まず出した肴は鰺の香味《こうみ》揚《あ》げだった。

三枚におろして腹骨をすき取った鰺は、皮に飾り包丁を入れて二つに切る。

これをつけ汁につけて味をなじませる。醬油と酒と砂糖に、おろし生姜と刻んだ木の芽をまぜた風味豊かなつけ汁だ。

頃合いになったら汁気を切り、片栗粉をまぶしてこんがりと揚げる。生姜と木の芽が効いたひと品だ。

「こりゃあ、飯も食いたくなるな」

親方の辰三が言った。

「おいらも」

一番弟子の巳之助《みのすけ》がすぐさま乗る。

「そう言われると、食いたくなります」

弟弟子が笑みを浮かべた。

「では、お持ちいたしますので」

おはるが笑顔で答えた。

「いま支度します」

優之進も厨からいい声を響かせた。

桐板づくりの職人衆が舌鼓《したつづみ》を打っていると、今度は鯨組の大工衆が入ってきた。こちらは普請《ふしん》場《ば》のつとめにきりがついたらしい。

「おっ、うまそうなものを食ってるな」

棟梁の梅太郎が声をかけた。

「鰺の香味揚げで。これがまた飯に合うんで」

親方の辰三が笑顔で答えた。

晴やでは前にも一緒になったことがあるから顔なじみだ。

「おいら、もう一杯いけそうで」

いちばん若い弟子が言った。

「お持ちしますよ」

「まだありますので」

晴やの二人が快く言った。

「なら、おれらもおんなじものを」

「酒もつけて」

「つとめは一段落したからよ」

大工衆が上機嫌でさえずる。

「はい、ただいま」

おはるが動く。

「いまからおつくりします」

優之進もいい声を発した。

三

「おっ、千客万来だな」

晴やに入るなり、隠密廻り同心が言った。

おはるの父の十文字格太郎だ。

廻り方同心の吉塚猛兵衛もいる。

「おお、こりゃ旦那がた」

「ここ、入れますぜ」

鯨組の大工衆が身ぶりをまじえた。

「いや、廻り仕事の途中だから」

格太郎が笑みを浮かべた。

「なら、お茶で？」

おはるが父に問う。

「ああ、頼む。……その後はどうだ」

格太郎は声を落とし、帯に手をやった。

「このあいだ、また産婆さんに診ていただいたけど、いたって順調で。實母散ものんでるし」

おはるも小声で答えた。

「床几《しょうぎ》があるので、お茶はこちらでいかがでしょう」

優之進が厨から声をかけた。

「おう、そうしよう」

十手を受け継いだ従兄が軽く右手を挙げた。

格太郎も続く。

さほど広からぬ厨だが、奥のほうに床几を二つ置くだけの空きはあった。身重のおはるは折にふれてここに腰かけ、優之進の働きぶりを頼もしそうに見守っていた。

ときには並んで茶を呑んだり、まかないを食したりする。余り物でつくる焼き飯や茶漬けは日替わりで違うから、それぞれに味わいがある。

「なるほど、ちょうどいいな」

片方の床几に腰を下ろした猛兵衛が言った。

「番所で茶を呑むようなものだ」

娘から湯呑みを受け取った格太郎が笑みを浮かべる。

「晴やは江戸の番所みたいなもんだから」

猛兵衛がそう言って茶を啜る。

「いつのまに番所に」

優之進が笑う。

「いや、ここは日本橋にも京橋にも近いから、廻り仕事の途中に立ち寄るのはちょうどいい。奉行所まで戻らずとも、いろいろ相談もできる。見えない番所にはちょうどいい」

格太郎が乗り気で言った。

「元同心があるじの、見えない関所でもあるからな」

猛兵衛も言った。

「うちはただの飯屋で」

ややあいまいな顔つきで優之進がそう言ったとき、裏手のほうから猫のなき声が響いてきた。

「おや、猫がないてるな」

格太郎が言った。

「なんだか居着いちゃったから、ときどきえさと水をやってるの」

おはるが告げた。

「飼ってるわけじゃないのか」

と、格太郎。

「まだそこまでは」

おはるが首をかしげた。

「飼うのなら、ちゃんと後架（便所）もつくってきちんとしてやったほうがいいぜ」

猛兵衛が言った。

「そうだな。首に鈴でもつけて」

格太郎が身ぶりをまじえた。

「その前に、名前をつけなきゃ」

猛兵衛が言う。

「どんな猫だ？」

格太郎がたずねた。

「目が黄色い黒猫。まだ子猫に毛が生えたような感じで」

おはるは答えた。

「親きょうだいからはぐれてしまったみたいなんですよ」

優之進はそう言うと、鰺の香味揚げを次々に仕上げていった。

おはるが大工衆のもとへ運ぶ。

桐板づくりの職人衆はさらに酒と肴を所望した。晴やはますますにぎやかだ。

「まあ、飼うかどうかは二人で相談して決めなさい」

格太郎がそう言って、湯呑みの茶を呑み干した。

「そうします」

前に仕込んでおいた鰺の南蛮漬《なんばんづ》けを出す支度をしながら、優之進が答えた。

おはるも笑みを浮かべてうなずいた。

四

その晩、おはるは夢を見た。
猫がないていた。

あの黒猫だわ。
またえさをもらいに来たのかしら。
おはるはそう思った。
そのうち、声が聞こえてきた。
猫が突然しゃべりだしたのだ。
夢の中の出来事には脈絡がない。猫が人の言葉を話したりすることもあるだろう。
でも……。
猫が発した言葉は尋常ではなかった。
「ははうえ」

おはるに向かって、猫はたしかにそう呼びかけた。
「ははうえ」
同じ言葉を繰り返す。
その声に聞き覚えがあった。
晴美だ。
まだ使える言葉は数少ない。
「ははうえ」と「ちちうえ」は言えるが、あとはいたって心もとない。
その晴美が猫になって還ってきた。
おはるはあわてて晴やの奥に向かった。
厨の奥の戸を開ければ裏手へ出られる。声はそちらのほうから響いていた。
「ははうえ、ははうえ……」
か細い声がさらに響く。
「いま行くよ、晴美」
おはるは足を速めた。
そして、扉を開けた。
黒猫がそこにいた。

目が黄色い、ときどきえさをもらいに来るあの猫だ。
前足をきちんとそろえ、おはるのほうをじっと見ている。
「晴美かい？」
おはるはたずねた。
「みゃあ」
猫がないた。
人の言葉ではなかったが、おはるには通じた。
心の芯に向かって、あたたかく流れこんできたものがあった。
ははうえ、晴美です
晴美がかえってきました
黒猫はそう告げていた。
急に視野がぼやけた。
あとからあとから涙があふれて、もう何も見えなくなった。

五

「そうか。晴美が帰ってきた夢を」

優之進が言った。

「ええ。目が覚めたら涙で顔がえらいことに」

おはるが目じりに指をやった。

「そりゃあ、泣きもするだろう」

中食の仕込みをしながら、優之進が言った。

今日も鰹の梅たたき膳だ。

鰹は竜田揚げやあぶりを膳の顔に据えたこともあるが、やはり梅たたきの人気がいちばんだった。毎度同じではなく、薬味を工夫すれば目先も変えられる。当面は月にいくたびか出すことにした。

「本当にあの子が還ってきてくれたのかと思って」

拭き掃除をしながら、おはるが言った。

そのとき、裏手でまたなき声がした。

猫だ。

「あの子だわ」

おはるは手を止めた。

「うちで飼ってもいいぞ」

優之進が言った。

「ほんと？」

おはるが訊く。

「ああ。本当に晴美が還ってきたとは思わないけれど、夢のお告げめいたものはあるだろう。こういう縁は大切にしないとな」

優之進は笑みを浮かべた。

「分かったわ。じゃあ、入れてあげましょう」

おはるはいそいそと裏手へ向かった。

「煮干しならあげられるから」

優之進も動く。

「いま開けるからね」

おはるはそう言って戸を開けた。

黒猫がそこにいた。

夢と同じようなたたずまいだったから、また少し目頭《めがしら》が熱くなった。

子猫に毛が生えたような大きさだが、黒々とした毛づやはいい。

「いらっしゃい」

黒猫に向かって、おはるは話しかけた。

「煮干しを持ってきてやったぞ」

優之進が皿を差し出した。

「みゃ」

黒猫はさっそくはぐはぐと食べはじめた。

「お水もね」

おはるがべつの皿を運んでくる。

「いちばん猫が食べやすい器にしないとな。あとは後架だ」

もう飼う気満々で、優之進が言った。

「そうね。……食べてる食べてる」

煮干しをおいしそうに食べている猫を見て、おはるは笑みを浮かべた。

「おまえはうちの福猫になるか？」

優之進が声をかけた。

えさをひとしきり食べ終えた猫は、満足げに短く「みゃ」とないた。

「なるって」

おはるが笑う。

「ちょっと来い」

優之進が毛づくろいを始めた黒猫をひょいとつかみあげた。

「こいつは、雄だな」

たしかめてから土間に放す。

黒猫はぶるぶるっと身をふるわせてからまた毛づくろいを始めた。

「そう。だったら、雄の名前にしないと」

おはるが言った。

晴美の生まれ変わりだったとしたら、「黒美《くろみ》」はどうかとふと思いついたのだが、雄なら考え直さなければならない。

「黒猫だから……黒兵衛《くろべえ》はどうだろう」

優之進が案を出した。

「黒兵衛、黒兵衛……呼びやすい名ね」

おはるがうなずいた。

「よし、おまえは今日から黒兵衛だ」

今度は水を呑みだした猫に向かって、優之進は言った。

「よろしくね、黒兵衛」

おはるは笑顔で言った。

「気張って福猫と看板猫をやってくれ」

優之進が白い歯を見せる。

「まだおなかにいるややこのお兄ちゃんだから」

おはるは帯に手をやった。

「ああ、そうだ。生まれたら仲良くな」

優之進が声をかけた。

ぴちゃぴちゃと音を立てて水を呑んでいた名をもらったばかりの猫が、満足げに顔をあげた。

そして、「わかったにゃ」とばかりに短くないた。

六

「そうか、福猫が来たのか」

吉塚左門が笑みを浮かべた。

「はい、黒兵衛という名で」

優之進が伝えた。

いくらか経った晴やの二幕目だ。

優之進の父の左門が、絵師の狩野小幽とともにのれんをくぐり、一献傾けはじめたところだ。

「鈴をつけたら、飼い猫らしくなりました」

おはるが黒兵衛を指さした。

「赤い首紐がよく似合いますね」

総髪の絵師が笑みを浮かべた。

「ええ。やっぱり黒猫には赤が似合うかと」

おはるが笑みを返した。

「あとで絵を描いたらどうだい、小幽さん」

左門が水を向けた。

「そのつもりでした。これをいただいたら」

小幽はそう言って、鮎《あゆ》の背ごしに箸を伸ばした。

鰹に鮎に鮑《あわび》。旬の野菜に、筋のいい豆腐。いい品が厨に入るからありがたいかぎりだ。

「猫の世話はできてるか？」

酒のお代わりを運んできた優之進に向かって、左門がたずねた。

「猫の扱いに慣れている人が手伝いに入っているので、いろいろ教わってます」

優之進は答えた。

おたきのことだ。

実家が猫を飼っていて扱いに慣れている。ひげの向きや尻尾《しっぽ》の動きなど、猫のちょっとしたしぐさで様子を察するなど、細かい知恵をいろいろ授けてくれたからずいぶんと助かった。

「そうか。それはよかったな」

左門は笑みを浮かべた。

鮎の背ごしに続いて、田楽も出た。

途中までは塩焼きと同じように金串を打ってこんがりと焼く。これに合わせ味噌を塗ってさらに焼く。

合わせ味噌は、白味噌に味醂と砂糖とだし汁、さらに卵黄を加えて弱火にかけ、じっくりと練りこむ。

味噌に焦げ目がつくまで香ばしく焼きあげたら、器に盛って青紫蘇と蓮根《れんこん》の酢漬けを添えて出来上がりだ。

「これは上々の出来だな」

左門がせがれに声をかけた。

「ありがたく存じます」

料理人の顔で、優之進は答えた。

「これもあとで描きましょう」

絵師が顔をほころばせた。

好評のうちに肴《と》が平らげられたところで、小幽は支度を始めた。

ほどなく筆を執り、さらさらと紙に描きだす。

「わあ、おいしそうな鮎ですね」

ちらりと見たおはるが笑みを浮かべた。

「小幽さんの腕は折り紙付きだからね」

左門が言う。

「はい、まずは鮎を一丁」

絵師は晴やのおかみに紙を渡した。

「引札に使えそうだね」

厨から出てきた優之進が言った。

「いくらでもお使いください」

小幽が快く言った。

「あっ、黒兵衛が来た」

おはるが指さした。

晴やの飼い猫になって日が浅い黒猫がきちんと前足をそろえ、黄色い目でふしぎそうに見ている。

「では、次は猫を」

小幽がまた筆を動かした。

「抱っこしましょうか」

おはるが問うた。

「そうですね。あとでいろんな恰好を」

絵師は笑顔で答えた。

「ひっかいたりはしないか」

左門が優之進にたずねた。

「わりと温厚な猫なので」

優之進は答えた。

「そうか。看板猫にはちょうどいいな」

と、左門。

「向こうからえさをもらいに来たくらいで、物おじもしないんですよ」

おはるが言った。

「それはますます看板猫向きだな」

左門は笑みを浮かべた。

小幽の絵はたちまち仕上がった。

「白猫ならもっと早いんですが」

絵師はそう言って、黒猫を描いた紙をかざした。

「まあ、かわいい」

おはるが思わず声を発した。

「目が生きていますね」

優之進も言う。

「ややこが生まれたら、小幽さんに描いてもらうといい」

左門がそう言って、猪口の酒を呑み干した。

「そうですね。成長ぶりも分かるから」

優之進がうなずく。

「いくらでもお描きしますよ」

絵師が白い歯を見せた。

「どうぞよろしゅうお願いいたします」

おはるは帯にふと手をやって頭を下げた。

そのとき、ふと思った。

もし晴美の絵を小幽先生に描いてもらっていたなら、いまでもながめることができたのに……。

しかし、その思いを、おはるはただちに打ち消した。

晴美の面影はしっかりと心に残っている。

心の中で、晴美はたしかに生きている。

それでいい。


ははうえ……


どこかで声が聞こえたような気がした。

「では、抱っこしていただきましょうか」

絵師の声で、おはるは我に返った。

「あ、はい。……おいで」

おはるは黒兵衛に手を伸ばした。

「ちゃんと描いてもらえ」

左門が声をかけた。

「かわいく描くからね」

絵師が顔をほころばせる。

「はい、いい子ね」

黒兵衛を抱っこしたおはるが笑みを浮かべた。

「おとなしいな。いい子だ」

優之進も笑う。

きょとんとしていた黒兵衛は、みなに見られていささか据わりが悪いのか、やにわに「みゃーん」とないた。

おかげで、晴やかに和気が漂った。

第十章　包丁と十手

一

「おっ、うどんは珍しいな」

「初めてじゃねえか？」

晴やの貼り紙を見た客が言った。

近くの河岸で働く男たちだ。

けふの中食
えび天うどん
茶めし、小ばち付き

三十食かぎり三十文

そう記されている。

「どうぞいらっしゃいまし」

おはるが表へ出て笑顔で声をかけた。

「おう、今日も晴れだな」

「おかみの笑顔がいちばんの晴れだ」

客は「晴」と染め抜かれたのれんを次々にくぐっていった。

「いらっしゃいまし。空いているお席へどうぞ」

手伝いのおまさが身ぶりをまじえて言う。

「おっ、何でえそこの猫は」

「初めて見るな」

両の前足をちんまりとそろえてふしぎそうに見ている黒兵衛を指さして、客が言った。

「晴やの看板猫です」

おはるのほおにえくぼが浮かんだ。

「黒兵衛という名で」

猫の扱いに慣れているおたきが告げた。

「そうかい。まだちっちゃいな」

「猫はあっという間に貫禄がつくからよ」

客たちがさえずっているあいだに、海老《えび》天うどんの膳が順々に運ばれてきた。

さっそくほうぼうで箸が動きだす。

「海老がぷりぷりだな」

「蒲鉾《かまぼこ》も厚切りだ」

「何よりうどんにこしがあってうめえぜ、あるじ」

客が満足げに言った。

「ありがたく存じます。つゆはいかがでしょう」

優之進が厨から答えた。

「つゆもうめえ」

「鰹節と昆布のだしがよく出てら」

評判は上々だった。

売り切れる前に、講釈師の大丈が来た。

もう一人、畳表問屋近江屋の跡取り息子の惣吉も急ぎ足でやってきた。

「これから得意先廻りで」

危うく身を持ち崩すところだった若者は、明るい表情で言った。

聞けば、格はまだ丁稚扱いだが、跡取り息子らしいつとめはやらせてもらえるようになったらしい。

「さようですか。うちの膳で精をつけてくださいまし」

おはるが笑顔で答えた。

「楽しみにしてきました」

近江屋の跡取り息子が白い歯を見せた。

「うどんうまし茶飯もうまし今日の膳」

大丈が一句放つ。

晴やの中食の膳は、好評のうちにすべて売り切れた。

二

二幕目も盛況だった。

山城屋の隠居の佐兵衛とお付きの竹松、それに、相模屋の隠居の七之助が一緒にのれんをくぐってきたかと思うと、長井半右衛門与力が久々に顔を見せた。

隠居たちは座敷に陣取り、長井与力は一枚板の席に座った。今日は八丁堀の屋敷に戻るだけだから、腰を据えて呑めるようだ。

「お待たせいたしました」

「鰹の角煮でございます」

おはると優之進が手分けして肴を運んだ。

「鰹の角煮か。うまそうだな」

長井与力が身を乗り出した。

「たたきなら、ちょくちょくいただきましたが」

佐兵衛が言う。

「晴やのたたきは絶品ですからな」

七之助も笑みを浮かべる。

「生姜がよく効いていてうまいな。酒にも合う」

長井与力が賞味するなり言った。

「ありがたく存じます」

優之進は頭を下げた。

「おめえさんが十手を返上しちまったのを心底惜しんでいたんだが、こういう渋い肴を出されると、料理人に転じるのも仕方がねえかという気になるな」

長井与力はそう言うと、おはるがついだ猪口の酒をくいと呑み干した。

「代わりに猛さんが気張ってくださってるので」

おはるが笑みを浮かべる。

「なら、次の肴を仕上げてきますので」

優之進は厨に戻った。

「うん、これは味がしみていておいしいね」

相模屋の隠居が言った。

「おまえもご飯つきでどうだ？」

山城屋の隠居がお付きの手代に水を向ける。

「それはぜひいただきます」

竹松が弾んだ声で答えたから、晴やかに和気が満ちた。

ここでまた客が来た。

ひと仕事終えた桐板づくりの職人衆が晴やかに姿を現し、隠居たちと同じ座敷に上がった。

三

肴は次々に出た。

鰹の角煮の次は鱚の昆布締めだ。

三枚におろした鱚は昆布でひと晩はさんでおく。昆布締めにした鱚は細づくりにし、小高く杉盛りにしてあしらいとおろし山葵《わさび》を添え、煎《い》り酒《ざけ》を注ぐ。

「これもいい仕事をしているな」

与力が長い顔をほころばせた。

「鉋の利いた仕事だな」

桐板づくりのかしらの辰三が職人らしいことを言った。

「おいらたちにはちょいと上品で」

「うめえけど、柄に合わねえかも」

弟子たちはやや及び腰だった。

「なら、鱚の天麩羅などはいかがでしょう」

おはるが水を向けた。

「骨煎餅《ほねせんべい》もできます」

優之進が厨から言った。

「そりゃ、おめえら向きだ」

親方が言う。

「いただきまさ」

「天麩羅も骨煎餅も」

弟子たちが笑顔で言った。

「鱚天ならおれももらおう」

長井与力が手を挙げた。

「わたしらの分もあるかい？」

佐兵衛が問うた。

「できますよ。鱚は多めに入っているので」

優之進がすぐさま答えた。

「では、わたしも」

七之助も続く。

「おまえはさすがに飯つきじゃなくてもいいね」

鰹の角煮を載せたご飯をうまそうに平らげた竹松に向かって、佐兵衛が言った。

「鱚天だけ頂戴できれば万々歳です」

お付きの手代がそう答えたから、晴やに笑いがわいた。

鱚天も骨煎餅も次々に揚がった。

「これ、駄目よ」

瞳を輝かせた黒兵衛に向かって、おはるが言った。

「客が食うものだからな」

長井与力が笑った。

評判は上々だった。

「ますます酒が進むな」

「そのとおりで、親方」

「もう一本くんな、おかみ」

辰三が指を一本立てた。

「はい、承知で」

おはるが小気味よく答えた。

「ちょうどいい揚げ加減だね」

山城屋の隠居が言った。

「日に日に腕が上がってるよ」

相模屋の隠居が和す。

「そうだな」

長井与力も鱚天を胃の腑に落としてから続けた。

「こういう仕事をされたら、もう料理人で仕方ねえな」

かつての上役の言葉を聞いて、優之進はいくらかあいまいな笑みを浮かべた。

四

その翌日――。

晴やの中食の顔は鰹の焼き霜丼だった。

初鰹からだいぶ経って値は下がったものの、いささかありがたみも薄れた頃合いに、優之進は新たな料理を考案して中食に出した。

節おろしにして血合いを取り、薄く塩を振ってから焼き網であぶる。水に取らない焼き霜づくりのほうが鰹の香ばしさが残って飯にも合う。

これをほどよい厚さの平づくりにし、つけだれに半刻（約一時間）ほどからめる。醤油が三、酒が二、味醂が一の割りで、まず酒と味醂を合わせて火にかけて煮切り、醤油を加えて冷ましておく。醤油は濃口だ。

これにみじん切りの長葱とおろし生姜を加えれば、風味豊かなつけだれができる。

ほかほかのご飯につけだれをかけ、焼き霜づくりの鰹を載せ、青紫蘇のせん切りや小口切りの花茗荷、もみ海苔《のり》などの薬味を添えて供する。

鰹の焼き霜丼には具だくさんのけんちん汁とお浸しと香の物がつく。見た目も華やかな膳だ。

「腹も心も満足だな」

「今日来てよかったぜ」

「いつもうめえけどな」

河岸で働く男たちが満足げに言った。

「けんちん汁だけでも腹にたまるぞ」

剣術指南の武家が言う。

「もうよそへは行けませんね」

その弟子が笑みを浮かべる。

「ありがたく存じます。おかげさまで晴やの帆にいい風が孕んでまいりました」

おはるが笑顔で礼を述べた。

「それは何よりだ。孕むといえば、そろそろお産ではないのか」

武家がたずねた。

「ええ、あとひと月あまりだと思います」

おはるが答えた。

「そうか。気張っていい子を産め」

客が笑みを浮かべた。

「晴やがますますにぎやかになるな」

「けど、おかみがお産だと見世が大変《てえへん》だ」

河岸の客が言う。

「わたしらが代わりに気張るんで」

おまさがおたきのほうを手で示した。

「はい、しっかりやります」

おたきがいい表情で答えた。

「みゃーん」

なぜか黒兵衛がここでないた。

「気張るって言ってるぜ、看板猫が」

客がそう言ったから、晴やに和気が満ちた。

五

二幕目になった。

絵師の狩野小幽がふらりとやってきて、一枚板の席に座った。

「今日はちょっとお願いがあってまいりました」

厨に向かって、絵師が言った。

「何でしょうか」

仕込みをしていた優之進が手を止めて訊いた。

「わたくしは学びを兼ねてさまざまなものを描いているのですが、料理人が包丁を動かしている図というのも絵になるかなと存じましてね」

総髪の絵師が笑みを浮かべた。

「ああ、いいかもしれませんね」

おはるが笑みを浮かべた。

「ちょっと気恥ずかしいですけど、よろしいですよ」

優之進は承諾した。

「ありがたく存じます。では、一枚板の席の端のほうを使わせていただきます。そんなに時はかかりませんので」

さっそく支度をしながら、小幽が言った。

「ここじゃないと描けませんからね」

と、おはる。

「ええ。厨がよく見えますから」

墨を磨《す》りながら、小幽が答えた。

晴やで客が座るところは三つある。座敷は落ち着くが、厨で何をつくっているかは見えない。

繁盛するようになってから花茣蓙《はなござ》を敷いた土間も厨から遠く、低いから見えない。中食のとき、河岸で働く者たちや職人衆はよくここに陣取り、あぐらをかいて箸を動かす。わざわざ座敷に上がる手間がいらないから、飯をかきこむにはちょうどいい。

花茣蓙は季節に合わせて替えることにしている。いまはまだ春の花景色だが、そのうち夏らしい「竹の春」にするつもりだ。

黒兵衛は花茣蓙がすっかり気に入ったらしく、腹を見せてよくのんびりと寝そべっている。図らずも赤い首紐の黒猫も茣蓙に彩りを加えていた。

「では、鮎を三枚におろして天麩羅にします」

包丁を手にした優之進が言った。

「お願いします」

絵師が筆を構えた。

まず頭を落とし、腹を手前にして腹側に包丁を入れ、手際よく三枚におろしていく。

途中で三杯飯の大吉が入ってきた。

見廻りの途中で、昼はうどんをたらふく食ってきたらしい。

優之進の包丁は小気味よく動いた。はらわたをかき出すところなどは包丁の根元を持って、刃全体を使う。頭のほうから中骨の上に包丁を入れ、一気に片身を切り取るところなど、見せ場は多い。

「さすがの包丁さばきですねえ」

筆を走らせながら、絵師が言った。

「前は『さすがの十手さばき』だったんですがねえ」

かつての手下が言った。

「それは左門様からうかがいました。いくたびも手柄を立ててかわら版にも載ったとか」

小幽が優之進のほうを見て言った。

「いや、昔の話で」

優之進はさらりといなした。

心の中にはふと、思い出したくない出来事がよみがえってきた。そういう出来事はいくつもあった。

女房には行商人だと偽り、独りばたらきで盗みを重ねていた男がいた。子煩悩《こぼんのう》で稼ぎのいい亭主の顔を長年にわたって繕《つくろ》ってきた男の化けの皮を剝ぎ、お仕置きに導いたのが優之進だった。

望みをなくした女房は大川に身を投げて死んだ。わが子を手にかけてから自害した似た境遇の女もいたが、子を道づれにしなかったことだけが救いだった。

その子らがいまどうしているかは知らない。恐らくおのれを恨んでいるだろう。廻り方同心のつとめは、そういったことの積み重ねだった。

同じ積み重ねでも、料理人は違う。

包丁を振るえば振るうほど、腕は上がっていく。

かつての優之進は十手がうとましかった。おのれが十手を持っているがゆえに屋敷に逆恨みの女が現れ、せっかく宿ったややこを流すことになってしまった。十手を振るえば振るうほど、おのれも周りも不幸になっていくような気がしてならなかった。

だが、いまは違う。

手にしているのは十手ではなく、包丁だ。

包丁も魚などの生《しょう》のものをさばく。しかし、やみくもにその命を奪っているわけではない。料理人の技と、何より心で、おいしい料理に変えていく。

魚の命はうまい料理に変わり、食べた者の身の養いになる。あるいは、心に残る。

十手ではなく包丁を握っているからこそ、そんな料理をつくることができる。

優之進は鮎の尾のところで包丁を立て、峰をとんと手でたたいて中骨を切り離した。

三枚におろした鮎の身から、さらに中落ちをそぎ落としていく。上身を尾につけてやると、姿美しく定まった。

「それも描きましょう」

小幽が身を乗り出した。

「お願いします」

優之進は笑みを浮かべた。

絵師の筆がまたさらさらと動いた。

「うめえもんだな」

大吉がその手元を見てうなった。

「そりゃ、あきないですし、好きこそものの上手なれですから」

小幽が答えた。

「料理人も同じです。では、終わったところで揚げますので」

優之進は天麩羅の支度を始めた。

だが、そのとき……。

表でだしぬけに声が響いた。

巾着切りだ。

捕まえろ。

おはるが真っ先に気づいた。

「おまえさん、大変」

急いで優之進に伝える。

「いま行く」

鮎の身に粉をはたこうとしていた優之進は、手を素早く拭いて表へ飛び出した。

「おいらも行きまさ」

かつての手下も続いた。

六

「待て」

ひと声かけると、優之進は賊を追った。

優之進が抜きん出ていたのは十手さばきや勘ばたらきだけではない。足の速さも町方で右に出る者がいなかった。余興の駆け比べでは、いくらか手加減しても一番を譲ることはなかった。

賊との間合いは見る見るうちに縮まった。

賊も気づいた。

やにわに振り向く。

その顔は、焦燥《しょうそう》と怒りにゆがんでいた。

賊が手にしているものが見えた。

匕首《あいくち》だ。

「食らえっ」

賊はいっさんに向かってきた。


ひるむな。

逃げたら危ない。


元敏腕同心の勘がそう告げた。

「えいっ」

優之進は前へ踏みこんだ。

賊の手首をつかみ、ぐいとねじる。

「ぐわっ」

近場で巾着切りをやらかした賊がうめいた。

その手から匕首が落ちる。

優之進はさらに当て身を食らわした。

賊ががっくりとひざをつく。

「旦那っ」

大吉が叫んだ。

その後ろから、二人の役人が捕り具を手に駆けてきた。近くの番所から来たようだ。

ほどなく、白昼の捕り物は終わった。

優之進の働きで、巾着切りを繰り返していた男は捕縛された。

七

思わぬ捕り物を終えた優之進は料理人に戻り、待たせていた小幽に鮎の天麩羅を供した。

絵師はひとしきり舌鼓を打ち、上機嫌で帰っていった。

そのあいだに、大吉が奉行所へつないでくれたようだ。いくらか経ってから、吉塚猛兵衛と十文字格太郎が連れ立って晴やののれんをくぐってきた。

「また手柄だったらしいな、優之進」

猛兵衛がいきなり言った。

「いや、たまたまで」

優之進は答えた。

「大吉さんは？」

おはるが父の格太郎にたずねた。

「また戻るのは難儀だからよしなにと」

格太郎はそう答えると、一枚板の席に腰を下ろした。

親分の韋駄天の市蔵ならお手の物だが、さすがに三杯飯の大吉には荷が重いようだ。

「たしかに、大変かも」

おはるは笑みを浮かべた。

「鮎の天麩羅ができますが」

優之進が厨から言った。

「廻り仕事の途中だから」

猛兵衛はやんわりと断った。

「せっかくだから、わたしはもらうかね」

格太郎が軽く右手を挙げた。

「承知しました」

優之進はさっそく支度を始めた。

「手柄を挙げたのに、なんだか浮かない顔だな」

おはるが出した茶を少し啜った猛兵衛が言った。

「手柄と言っても、今日捕まった巾着切りは下手《へた》をすると死罪になるかもしれませんから、素直には喜べません」

優之進はそう答えた。

例外はあるが、巾着切りが四度捕まったら、おおむね死罪だ。

「相変わらず、気がやさしすぎるな、おまえさんは」

少しあきれたように猛兵衛が言った。

「巾着切りを捕まえたことで、これから銭を盗られたかもしれない人が泣かずに済んだわけだからね」

格太郎が諭すように言う。

「それはまあそうですが」

優之進の顔つきはなおもあいまいなままだった。

「やっぱり、十手より包丁のほうが性に合うみたいなので」

厨のほうをちらりと見てから、おはるが父に言った。

「まあ、思案して決めた道だから」

格太郎がうなずいた。

「でも、惜しいねえ」

心底惜しそうに言うと、猛兵衛は残りの茶を呑み干した。

天麩羅の支度が整った。

何かを思い切るように、優之進は鮎を油に投じ入れた。

終章　名もなき月

一

五月に入った。
早いもので、月末の二十八日は両国の川開きだ。江戸に夏が到来する。
そんな月初めに、晴やの前にこんな貼り紙が出た。

けふの中食
天ぷらもりあはせ膳
きす、えび、かきあげ

みそ汁、小ばちつき
三十食かぎり三十文
今月五日はお休みをいただきます
晴や

「五日が休みとは、謎かけならん」

講釈師の大丈が笑みを浮かべて言った。

毎日というわけではないが、折にふれて中食に来てくれるありがたい客だ。晴やで腹ごしらえをしてから講釈に出ると、声の張りが違うらしい。

「感づかれてしまいましたか。さすがですね」

おはるが笑顔で答えた。

「おいら、ちっとも分からねえけど」

桐板づくりの職人が首をかしげた。

「おめえは独りもんだから、ちいとむずかしいかもしれねえな」

親方の辰三が言った。

「女房がいたら分かるんですかい？」

もう一人の弟子が問う。

「子がいれば分かるさ。おいらも前に行ったもんだ」

辰三が答えた。

「さようでしたか。前々から行かなきゃと思っていたんですけど」

おはるが言った。

「子に関わりが？」

「そりゃ分かんねえや」

弟子たちは匙を投げた様子だった。

ここで大丈が芝居がかった口調で言った。

「情け有馬《ありま》の水天宮《すいてんぐう》」

見得を切るしぐさをすると、講釈師は鱈天を口中に投じた。

「そのとおりで。水天宮は毎月五日に御開帳するんだ」

親方が言った。

「なあるほど」

「安産の祈願ですな」

弟子たちは得心のいった顔つきになった。

「というわけで、五日はお休みを」

おはるが笑みを浮かべた。

「相済みません。またよしなに」

優之進も厨から言った。

「そりゃあ、大事な用だから。だれも文句は言わねえや」

桐板づくりの親方が白い歯を見せた。

「お参りを果たし、良き子を産むべし」

大丈がいくらか節をつけてまとめた。

二

五日になった。

優之進はおはるを駕籠に乗せ、芝《しば》の赤羽橋《あかばねばし》へ向かった。

おのれは小走りだ。元廻り方同心で鍛えが入っているから、これくらいは造作もない。

江戸の水天宮は、久留米《くるめ》藩の第九代藩主、有馬頼徳《よりのり》が上屋敷に久留米の水天宮の分霊を勧請《かんじょう》したのが始まりだった。

初めのうちは藩邸の中にあったから、一般の者はお参りすることができなかった。水天宮は江戸でも信仰者が多い。そこで、毎月五日にかぎって、だれもがお参りできるように開放されることになった。

情け有馬の水天宮、江戸っ子ならだれもが知っている地口はここに由来する。

「あっ、幟《のぼり》が出てるわね」

駕籠から下りてほどなく、おはるが指さした。

「そうだね。お客さんも多い」

優之進が少し目を細くした。

おはると同じく身重の女もいる。気づかいながら歩いている同じ境遇の男もいた。

「鯉《こい》のぼりも泳いでる」

おはるが声をあげた。

「五月五日は端午《たんご》の節句《せっく》。ただの五日じゃないから、ことににぎわっているみたいだ」

優之進がいくらか目を細くした。

「そうね。帰りにどこかで何か食べたいかも」

と、おはる。

「街道筋に茶見世はたくさんある。一服してから駕籠屋まで歩こう」

優之進は答えた。

「ええ」

おはるは笑みを返した。

少しだけ並んだが、滞りなくお参りを済ませた。

そして、病に罹ることなく、大きくなりますように。

ややこが無事に生まれますように。

今度こそ……。

目を閉じてお願いをしているとき、眼裏にだしぬけに晴美の笑顔が浮かんだ。

思わずこみあげてくるものがあったが、ぐっとこらえて、おはるはお参りを終えた。

「これでお産までやるべきことはすべて終わったな」

優之進が言った。

「そうね。見世の普請も支度も終えて、あとはのれんを出すばかりで」

おはるは見世になぞらえて言った。

「難儀ではなく、楽しみだと思おう」

優之進は笑みを浮かべた。

「ええ、もちろん」

おはるも笑みを返した。

さわやかな五月の風に吹かれて、鯉のぼりが泳いでいる。

空の青が目にしみるかのようだった。

「あれは茶見世だな」

優之進が行く手を指さした。

「ほんと。長床几に緋毛氈《ひもうせん》が敷いてある」

おはるが少し足を速めた。

「座れそうだから、急がなくていい」

優之進が気づかった。

「ええ」

おはるがうなずく。

水天宮のお参りを終えた二人は、ほどなく茶見世の長床几に腰を下ろした。

三

茶見世では柏餅《かしわもち》が出た。

端午の節句の縁起物だが、町場の見世では珍しい。

「うちでは食べていたけれど、外では初めてだな」

優之進はそう言って、柏餅をつまんだ。

「武家の男の子の縁起物だから」

おはるも続く。

「柏は新芽が育つまで古い葉が落ちない。そのあたりから、子孫繁栄の縁起物になったと聞いた」

優之進はそこで柏餅を口中に投じた。

「それはわたしも」

かつては武家の娘だったおはるも柏餅をほおばる。

「ああ、これはうまいね」

食すなり、優之進が言った。

「ほんと、お餅がちょうどいい塩梅で」

おはるが笑みを浮かべた。

「餡《あん》も甘すぎないのがいい。学びになるな」

優之進がうなずいた。

「ありがたく存じます。お茶のお代わりはいつでもどうぞ」

聞きつけたおかみが如才なく言った。

「ありがたく存じます。なぜまた柏餅を？」

おはるがたずねた。

「こう見えても武家の出で、小さい頃からなじみがあったもので」

おかみは答えた。

「まあ、わたしも武家の出なんです」

おはるはすぐさま伝えた。

そこから話が弾んだ。ただし、武家の娘がなぜ茶見世のおかみになったのか、くわしいことは聞かせてもらえなかった。どうやら話せば長くなるようだ。

それはおはるも同じだった。大鋸町で晴やという見世を営んでいることは告げたが、見世を出したいきさつは伝えなかった。これも長い話になってしまう。

「ややこが無事に生まれてしばらく経ったら、また御礼参りにうかがいますので」

茶を呑み終えたおはるが笑みを浮かべた。

「そういうお客さまもお見えになります。楽しみにしていますよ」

茶見世のおかみが笑顔で言った。

「ならば、駕籠屋まで歩こう」

優之進が腰を上げた。

「ええ」

おはるも続く。

「ありがたく存じます。またどうぞ」

おかみのいい声が響いた。

四

「遅くなったな。たんと食え」

黒兵衛がえさを食べるさまを見ながら、優之進が言った。

「お留守番、えらかったわね」

おはるも声をかけた。

黒猫は一所懸命にはぐはぐと口を動かしている。ときどき鈴が餌皿に触れて、ちりんと小さく鳴る。

「よし、明日の仕込みだな」

優之進が厨に向かった。

「ひと区切りついたら、湯屋へ行きましょう」

おはるが水を向けた。

「ああ、そうしよう。今日はだいぶ歩いたから」

優之進が笑みを浮かべた。

大豆や昆布を水につけておく。明日の中食の炊き込みご飯には豆も入れるつもりだ。膳の顔は仕入れで決める。刺身でも焼き魚でもいい。

ほどなく、仕込みにきりがついた。

「よし、行こう」

優之進が両手を軽く打ち合わせた。

「湯屋へ行くから、またお留守番ね」

おはるが黒兵衛に言った。

「うみゃ」

承知したとばかりに、猫が短くないた。

五

湯屋を出る頃には、すっかり暗くなっていた。

優之進は提灯に火を入れた。

おはるの足元を照らしながら進む。

「お月さまも出てるから大丈夫よ」

おはるが言った。

「念のためだ」

優之進が笑みを浮かべた。

提灯の灯りが揺れる。

おはるはふと夜空を見上げた。

「五日だから、名もなき月だけど、いい感じね」

三日月より太くなった月を見て、おはるが言った。

「名もなき月か……晴やみたいだな」

優之進も同じ月を見た。

「たとえ名がなくても、江戸の町の片隅を照らしているから」

ゆっくりと歩を進めながら、おはるが言った。

「そうだな。そういう見世でありたいものだ」

優之進は感慨をこめて言った。

「ええ」

おはるがうなずく。

風に乗って、だしのいい香りが漂ってきた。

いくらか先になじみの屋台が出ている。風鈴蕎麦だ。

「食べていくか」

優之進が水を向けた。

「そうね。少しは身の養いになるだろうし」

おはるはおなかに手をやった。

「明日からまた気張って、精のつくまかないもつくろう。生まれてくるややこのためにも」

引き締まった表情で、優之進が言った。

「ええ、気張りましょう」

おはるは笑みを浮かべて、張りのある声で答えた。

[参考文献一覧]

田中博敏『お通し前菜便利集』(柴田書店)
松下幸子・榎木伊太郎編『再現江戸時代料理』(小学館)
野﨑洋光『和のおかず決定版』(世界文化社)
『人気の日本料理2　一流板前が手ほどきする春夏秋冬の日本料理』(世界文化社)
田中博敏『旬ごはんとごはんがわり』(柴田書店)
志の島忠『割烹選書　春の献立』(婦人画報社)
志の島忠『割烹選書　四季の一品料理』(婦人画報社)
畑耕一郎『プロのためのわかりやすい日本料理』(柴田書店)
『一流板前が手ほどきする人気の日本料理』(世界文化社)
『一流料理長の和食宝典』(世界文化社)
土井勝『日本のおかず五〇〇選』(テレビ朝日事業局出版部)
『復元・江戸情報地図』(朝日新聞社)
日置英剛編『新國史大年表　五-Ⅱ』(国書刊行会)

今井金吾校訂『定本　武江年表』（ちくま学芸文庫）
菊地ひと美『江戸衣装図鑑』（東京堂出版）
西山松之助編『江戸町人の研究　第三巻』（吉川弘文館）

ウェブサイト「東京とりっぷ」

光文社文庫

文庫書下ろし／長編時代小説
晴《はれ》や、開《かい》店《てん》　人情《にんじょう》おはる四《し》季《き》料《りよう》理《り》
著　者　倉《くら》阪《さか》鬼《き》一《いち》郎《ろう》

2023年4月20日　初版1刷発行

発行者　三　宅　貴　久
印　刷　堀　内　印　刷
製　本　榎　本　製　本

発行所　株式会社　光　文　社
〒112-8011　東京都文京区音羽1-16-6
電話（03）5395-8149　編　集　部
8116　書籍販売部
8125　業　務　部

ISBN978-4-334-79523-8　Printed in Japan

組版　萩原印刷